오늘의 나를 쓰는 시간

평범한 일상이
특별한 이야기가 되는
40일의 수업

오늘의 나를 쓰는 시간

정지우 지음

DAY
10
20
30
DAY
40

푸른숲

나를 쓰는 시대

몇 년 전부터 글쓰기에 대한 사람들의 관심이 폭발적일 정도로 늘었다는 걸 느낍니다. 한 기업 강연에서는 천 명 이상이 글쓰기 특강을 신청했고, 800명 정도가 참가한 대학 강연에서는 여러 특강 중 가장 반응이 좋았다는 이야기를 들었습니다. 이런 흐름은 AI가 글쓰기를 대체한다고 말하는 시대에 와서도 크게 달라지지 않은 것 같습니다.

강의, 북토크, 포럼 등 어떤 주제와 형태의 현장에서도 글쓰기에 대한 반응은 뜨겁습니다. 사람들은 AI가 글을 다 써준다고 말하는 시대에도 '자신의 글쓰기'를 갈망하고 있습니다. AI로 인한 효율성 극대화, 알고리즘과 쇼츠, 릴스 등의 홍수에 휩쓸려가는 와중에도, 글을 쓴다는 건 내가 나를 지키는 순간이라고 믿는 게 아닐까 싶습니다. 나의 이야기를 한 자 한 자 적어가는 경험은 다른 무엇과도 대체할 수 없다는 걸 짐작하고 있는 것이겠죠.

누군가는 삶에 쌓이는 여러 감정과 고민의 통로로 글쓰기를 간절히 바랍니다. 인생 이야기를 털어놓았을 때 들어줄 사람이 있다는 가능성 자체를 감격스럽게 여기죠. 지금까지 나의 이야기는 아무도 듣고 싶어 하지 않고 또 들려줄 가치도 없다고 믿었을지도 모릅니다. 말 그대로 모든 사람이 작가가 된 지금 시대에 내가 쓴 글을 누군가가 가치 있게 읽고 반응해주는 것에 무척 놀라기도 합니다.

저는 글쓰기 모임을 하다 보면, 세상에는 다양한 인생이 있으며 어느 인생이든 그 속에 타인에게 전할 중요한 이야기가 있다는 걸 절절히 느낍니다. 어릴 적의 상처, 관계 속에서 배운 삶의 의미, 사랑과 우정의 가치, 역경을 딛고 견뎌낸 나날들, 내가 좋아한 일상의 작은 감정들 등이 모두 중요한 글쓰기 소재입니다. 단지, 많은 사람이 그것을 조리 있게 전할 방법을 잘 몰라서 타인에게 전달되고 있지 않을 뿐, 특별한 어느 작가의 이야기만이 말해질 가치가 있는 건 아닙니다.

글을 쓰려는 계기는 참으로 다양합니다. 앞에서 말한 것처럼 단순히 누군가 자신의 이야기를 들어줬으면 하는 바람으로 글을 쓰기도 하지만, 책을 내어 부수입을 얻고 강사 활동을 위한 수단으로 글쓰기를 시작하는 사람들도 있습니다. 주직업, 직장 외의 '사이드 프로젝트'나 '다중정체성'이 대세가 된 시대인 만큼, 작가라는 정체성

하나쯤을 더 갖고 싶은 사람들도 적지 않습니다. 영상을 찍고 편집해 인플루언서가 되기는 어렵지만, 글쓰기는 비교적 접근하기 쉽다고 여기기도 하죠. 그 모든 게 타당한 이유가 될 수 있습니다.

최근 챗GPT^{ChatGPT}나 제미나이^{Gemini} 등 생성형 AI의 급격한 발전도 사람들이 글쓰기에 관심을 가지게 된 이유라고 볼 수 있습니다. 언뜻 생각하면 AI가 글쓰기를 잘해내는 만큼 글쓰기에 관한 관심이 줄어들 것 같습니다. 그러나 많은 업무가 AI로 대체되고 인간의 자리가 좁아질지도 모른다는 위기의식으로 인해 사람들은 글쓰기를 원합니다. 왜냐하면 아무리 AI가 발달하더라도 내 마음의 이야기를 다 써줄 수는 없기 때문이죠.

물론, 극도로 과학 기술이 발전해서 뇌에 전극을 연결하고 모든 기억과 경험을 들여다본 뒤 그것들을 자동으로 글로 옮기는 날이 올지도 모릅니다. 그러나 그런 시대가 오기 전까지, 적어도 나의 이야기는 내가 써야 합니다. 내 안의 감정을 찾아내고, 상처를 들여다보고, 내 삶의 서사를 구축하는 일은 우리 자신에게 달려 있습니다. 글을 써본 모든 사람은 자신이 직접 한 글자 한 글자 새겨넣지 않으면 만날 수 없는 '자신의 이야기 영역'을 알고 있습니다. 내가 스스로 쓰지 않았다면 몰랐을 마음과 기억과 감정이 내 안에 무한한 깊이로 뻗어 있죠. 이것을 만날 방법은 단연 스스로 해내는 글쓰기입니다.

말하자면 우리는 자기 자신을 찾기 위해서, 자기 자신이기 위해서 글쓰기가 필요합니다. 철학자 데카르트는 악마가 우리를 속여 세상 모든 것을 거짓 환상으로 보이게 할 수 있다는 가정을 세웠습니다. 내가 만지고, 보고, 사랑하는 사람 등 모든 게 악마의 속임수로 만들어진 것일 수 있다는 것이죠. 그러나 그럴 때도 의심할 수 없는 단 하나의 '내 것'이 있는데, '생각을 하고 있는 나라는 존재 자체'가 실재한다는 분명한 사실이었습니다. 글쓰기도 마찬가지입니다. 세상 모든 것이 의심스러울지라도 글쓰기는 내가 나로서 하는 최후의 행위입니다. 우리는 바로 그 '나'에 도착하기 위해 글쓰기를 갈망하는 것이죠.

이 책은 바로 그렇게 '나'에게로 도착하려는 사람들에게 출발선이 될 수 있기를 바라는 마음에서 기획됐습니다. 한두 시간의 글쓰기 특강이 끝나고 나면 청중들의 질문이 쏟아집니다. 강연을 듣고 나니 글쓰기를 너무나 시작하고 싶은데 어떻게 해야 좋을지 모르겠다는 것입니다. 그럴 때마다 글쓰기 모임을 해보면 좋다, 블로그를 열어보면 좋다, 주변 사람들에게 편지를 써보면 좋다는 답을 하곤 했지만, 궁극적인 대답이 된다고 보긴 어려웠습니다.

이 책은 어떻게 보면, 그 질문에 대한 대답입니다. 글쓰기를 시작하고자 하는 분들은 책을 차근차근 따라가 보길 바랍니다. 1부에는 글쓰기에 필요한 최소한의 내용을 담았습니다. 하나씩 글쓰기의 '팁'을 익히고 나면 2부부터는 본격적인 실전이 시작됩니다. 글쓰기에서 의미 있는 총 40여 개의 소재를 세심하게 선별했습니다. 일종의 샘플 글도 있는데, 샘플을 참고할 수도 있고 필사해보는 것도 가능합니다.

3부에서는 이렇게 쓴 글로 진짜 독자를 만나기 위한 제가 아는 방법들을 총정리했습니다.

그래서 이 한 권을 끝마치고 나면, 글쓰기에 익숙한 사람이 되어 있을 것이라 믿습니다. 그다음부터는 책을 덮고 노트를 꺼내길 바랍니다. 그리고 자신의 글을 읽어줄 독자들을 찾아 떠났으면 합니다. 글을 쓸 수 있다는 자신감 하나로 무장한 채, 펜과 노트를 들고 벌판으로 나가는 것이죠. 그곳에는 우리의 글을 기다리고 있는 사람들이 여기저기 흩어져 있을 것입니다. 이 책이 그 여행의 시작을 열어주기를 바랍니다.

차례

1부

나만의 글을 쓰는 방법

1부에서는 글쓰기를 위한 간단한 방법론을 알아봅니다. 무작정 글을 쓰는 것보다 어렵지 않은 이론을 먼저 접하면 어떻게 글을 써나가야 할지 기본적인 방향을 잡을 수 있습니다.

특히, 이 챕터에서는 제가 10여 년간 이어온 글쓰기 모임에서 가르쳐왔던 여러 팁과 방법론을 알려드립니다. 일반 글쓰기 교본에서는 보기 힘들지만, 실질적이고 실천적으로 의미 있는 내용들만 핵심적으로 담고자 했으니, 잘 숙지해두면 좋을 듯합니다.

일기와 에세이의 차이

글쓰기를 시작하고자 하는 분들 중 '일단 쓰자'고 마음먹는 경우가 많습니다. 저는 그렇게 뭐라도 쓰는 것을 무척 응원합니다만, 글쓰기를 통해 일정한 성과를 얻기 위해서는 내가 쓰고자 하는 '장르'가 무엇인지 알 필요가 있습니다. 평생 일기만 쓰면서 만족할 것인가? 에세이집을 출간하는 에세이스트가 되고 싶은가? 소설가로 등단하고 싶은가? 언론사에 칼럼을 싣고 싶은가? 글쓰기가 이어지다 보면, 아무래도 현실적으로 내가 하는 글쓰기가 정확히 무엇이고, 어떤 위치에 있는지 알고 싶어집니다.

저는 열다섯 살 때부터 약 10년 내에 소설가가 되는 게 목표였습니다. 그러나 스무 살이 된 이후에는 여러 가지 이유로 다른 장르의 글도 쓰고 싶다는 생각을 했습니다. 그렇게 처음으로 인문학 책을 썼고, 그 뒤로는 칼럼을 쓰다가, 최근에는 에세이를 많이 쓰는 삶을 살고 있죠. 그러면서 일기도 꾸준히 썼습니다.

글을 쓰고자 마음먹은 분이라면, 일단 일기 쓰기부터 시작할 겁니다. 물론, 일기보다 한 걸음 더 나아간 글을 쓰길 바라는 분도 많겠죠. 특히, 이 대목에서 많은 분이 '일기와 에세이'의 차이를 헷갈려 합니다. 그래서 일기와 에세이의 차이부터 이야기해볼까 합니다.

일기

당연히 일기에는 정해진 양식이 없습니다. 무엇이든 써도 좋습니다. 저는 일기 쓰기를 매우 추천하는데, 글쓰기 근육을 길러주기 때문입니다. 매일 뭐라도 쓰는 사람은 키보드나 펜을 잡는 순간 일단 손부터 움직이게 됩니다. 사실, 글쓰기 습관이 되지 않은 많은 분은 쓰는 것 자체를 두려워합니다. 그러나 일기 쓰기가 습관이 된 분들은 뭐라도 써내는 걸 어려워하지 않죠.

일기는 가장 편안한 상태에서 아무 이야기나 쓰면 좋습니다. 마음속에 넘쳐나는 감정을 토로해도 좋고요. 요즘 하고 있는 고민을 친구한테 이야기하듯이 두서없이 써봐도 좋습니다. 소중한 사람과 함께 시간을 보냈다면, 앨범처럼 기록용으로 써도 좋고요. 저는 '육아 일기'와 인생에 대한 남모를 고민을 쓸 때가 많습니다.

개인적으로는 20대 때부터 와인을 한 잔 마시며 글 쓰는 것도 좋아했습니다. 술친구 찾아 주위를 두리번거리는 사람도 있지만, 술 한 잔 마시면서 글을 쓰는 것도 충분히 비슷한 효과를 냅니다. 백지에 나의 고민을 털어놓고, 기쁜 일을 남기고, 때로는 화가 나서 욕을 써보기도 하는 것이죠. 이 모든 게 우리의 글쓰기 습관을 길러줍니다.

요즘에는 AI에게 고민을 털어놓는 분도 많지만, 일기 쓰기는 분명 그런 '대화'와 차별성이 있습니다. AI에게 섣불리, 손쉽게, 곧장 대답을 구하기보다는 자기 스스로 대답을 찾아나가는 과정이라는 점에서 말이죠. 그러다 보면, 적은 단서만으로 금방 자신의 이야기를 현란하게 풀어내는 AI보다는 느리겠지만, 조금 덜 속단하면서 내 안의 진짜 문제와 답들을 찾아나가게 됩니다. 그런 점에서 조금씩 나의 이야기를 내 손으로 적어나가는 '일기 쓰기'야말로 나와 가장 친해지는 길이기도 한 셈입니다.

에세이

에세이는 가장 대중적인 장르고, 실제로 출판 시장에서도 규모가 매우 커진 분야입니다. 저는 에세이를 '우리 시대'의 장르라고 생각합니다. 에세이는 자기 이야기를 주관적으로 풀어내는 것인데, 실제로 많은 글이 에세이화되고 있습니다. 칼럼도 단순한 지식 전달보다는 주관적인 감상을 함께 드러내고, 소설도 재미있는 이야기만 하기보다는 작가의 생각을 에세이처럼 전하는 경우가 많아졌습니다.

지금은 AI가 단순한 지식이나 이야기를 무한대로 지어내는 시대
입니다. 어찌 보면 우리에게 남은 유일한 글쓰기는 '나의 진심'을 담
는 것일지도 모릅니다. AI는 완전히 알 수 없는 내 안의 모든 순간, 기
억, 감정, 고민을 써나가는 '글쓰기 영역'이야말로 이 시대 인간에게
있어 가장 순수한 행동일 겁니다. AI가 모든 것을 대체하는 시대에서
AI는 결코 완벽히 알 수 없는, 내 삶에 뿌리내린 나만의 경험과 이야
기를 글로 쓴다는 것은 참으로 귀중한 영역입니다.

'나의 이야기'를 쓴다는 점에서 일기와 에세이는 다르지 않아 보
입니다. 그렇다면 일기와 에세이를 가르는 결정적인 기준이 뭘까요?
첫 번째는 핵심 중의 핵심인 '독자'에 대한 고려입니다. 일기의 독자
는 어디까지나 나 혼자입니다. 내가 쓰고 나만 읽는 것이죠. 그러나
에세이는 나를 모르는 불특정 다수를 독자로 둔다는 점에서 일기와
매우 큰 차이가 있습니다.

일기에서 에세이로 넘어간다는 것은 내가 나의 이야기를 낯선 이
에게 들려주는 이야기꾼의 태도와 맞닿아 있습니다. 여행을 다녀온
후 혼자 이에 대해 기록한다면, 나는 일기 쓰는 사람입니다. 그러나
마을 사람들을 앞에 앉혀놓고 촛불을 켠 후 맥주를 한 잔 마시며 다
른 대륙은 얼마나 아름다운지, 여행하며 얼마나 고생스러웠는지, 그
럼에도 그 끝에 어떤 기쁨과 깨달음이 있었는지 이야기하는 사람은
에세이 쓰는 사람입니다. 그래서 저는 에세이 쓰는 사람을 '이야기
꾼'이라고 말합니다.

에세이 쓰는 사람은 일기 쓰는 사람보다 친절해야 합니다. 일기의 독자는 나 자신이기 때문에 나에 대한 모든 정보를 갖고 있습니다. 내가 갑자기 회사 상사 이야기를 써도 100퍼센트 이해합니다. 그러나 에세이 독자는 내가 무슨 회사에 다니는지, 몇 살인지, 직급이 무엇인지도 모릅니다. 어떤 상황에서 어떤 사람과 관계를 맺는지도 모르고요. 에세이는 바로 그런 독자에게 나의 이야기를 '친절하게' 설명해주는 장르인 것이죠.

에세이의 특성에 대해 언급하자면 끝도 없을 테니 일기와의 차이를 하나만 더 이야기하겠습니다. 에세이는 한 편의 작품으로, '완성도'가 필요합니다. 일기는 아무런 기승전결 없이, 두서없이, 결말 없이 끝맺어도 됩니다. '아, 짜증난다. 이 마음을 어떻게 해야 될지 모르겠다.' 이 정도만 써도 일기입니다. 그러나 에세이는 처음과 중간, 끝이 있어야 합니다. 나름의 완성도를 갖춰야 하죠.

그래서 에세이를 쓸 때는 언제나 '한 편'을 쓴다고 기억하면 좋을 듯합니다. 일기는 '한 편'을 쓰는 게 아닙니다. 그냥 쓰는 겁니다. 한 문장이든, 열 문장이든 말이죠. 그러나 에세이는 '한 편을 완성'하는 것입니다. 독자를 내 글에 어떻게 초대할지, 어떤 서두가 매력적일지 고민하고, 마지막에 이르러서는 의미를 정리하며, 독자가 한 편의 글을 잘 읽었다고 느낄 수 있는 '기승전결'을 갖춰야 합니다.

기승전결을 너무 어렵게 받아들일 필요는 없습니다. 독자를 매력적으로 끌어들이거나 호기심을 부여해주는 서두, 본격적인 이야기를 펼쳐나가는 중간, 그리고 이야기 전체의 의미나 결말을 부드럽게 지어내 '유종의 미'를 거두는 마지막 부분을 구성하면 됩니다. 물론, 처음부터 기승전결을 갖춘 글을 쓰는 건 쉽지 않겠지만, 그런 고민을 전혀 하지 않는 것과 하는 것이 바로 일기와 에세이의 차이를 만듭니다.

다소 어렵게 느껴질 수 있지만, 앞으로 이런 에세이 쓰기에 대해 차근차근 알려드리겠습니다. 서두는 어떻게 쓸지, 중간 이야기는 어떤 기준으로 만들어갈지, 마무리는 어떻게 할지 하나씩 익혀가다 보면 한 편의 글을 쓸 수 있게 될 겁니다.

에피소드형과 관념적 에세이

앞의 내용을 통해 일기와 에세이 쓰기의 차이를 대략 알게 됐을 거라 생각합니다. 일기 쓰기도 좋지만, '한 편의 에세이'를 완성해야겠다고 마음먹은 분들도 있을 겁니다. 여기서 하나 생각해야 할 것은 에세이에도 종류가 있다는 점입니다. 물론 에세이 교과서가 따로 있는 건 아니니, 딱 정해진 에세이 종류 같은 게 있다고 보긴 어렵습니다. 여기에서 제시하는 '종류'는 어디까지나 글쓰기에 참고가 됐으면 하는 바람에서 제가 임의로 분류해 제시하는 갈래라고 생각하면 됩니다.

에피소드형 에세이

통상적으로 우리가 가장 많이 읽고 쓰는 에세이를 '에피소드형 에세이'라고 칭할 수 있습니다. 얼마 전 일어난 감동적인 사건이든, 어릴 때를 추억하며 쓰는 쓸쓸하거나 따뜻한 이야기든, 우연히 일어난 사고든 모두 '에피소드'를 전합니다.

에피소드형 에세이를 쓸 때 고려해야 할 것은 이 이야기를 했을 때 과연 독자가 무슨 반응을 보이고 무슨 생각을 할까 하는 점입니다. 단순히 신기한 사건이나 재미있는 이야기를 전할 수 있겠지만, 우리 인생에 일어나는 일들이 항상 신기하고 재미있지는 않습니다. 나아가 요즘에는 워낙 다양한 콘텐츠가 있다 보니, 오로지 '신기함'과 '재미'만으로 어필하기엔 한계가 있습니다.

결국에는 어떤 사건이 일어났든 거기에 나만의 정서나 심리, 관점과 의미를 어떻게 담아내느냐가 관건이 됩니다. 인간의 삶은 넓게 보면 큰 차이가 없습니다. 누구나 친구를 사귀고 싸웠다가 헤어지기도 하며 사랑도 하고 일하며 고생도 하죠. 이 당연한 이야기들을 에세이로 쓰면 내용은 무척 뻔해지기 십상입니다.

그렇기에 우리는 각자에게 일어난 이야기를 '어떤 렌즈'에 담아낼지를 고민해야 합니다. 가령, 주말에 아이를 데리고 바다로 나들이를 떠났다고 해보죠. 바다에서 게를 잡고 재밌게 논 이야기를 있는 그대로 쓸 수도 있습니다. 그러나 아무런 관점이 없다면 나만의 독창적인 에세이라고 보긴 어렵습니다. 예를 들어, 바다 나들이를 '슬픔'이라는 렌즈로 볼 수 있습니다. 아장아장 걷는 어린아이와 바다에 올 날이 앞으로 몇 번이나 더 있을까, 다음에 바다에 올 때면 아이는 훌쩍 커버렸을 테니 나는 '아장아장 걷는' 아이와는 얼마 뒤 이별할 수밖에 없는 슬픔과 아쉬움을 담아볼 수 있죠.

아니면 나의 어린 시절을 떠올리는 겁니다. 부모님과 갔던 어느 바다를 불러와 그 시절의 그리움과 오늘의 나들이를 겹쳐 볼 수 있습니다. 누군가는 갑갑한 도시에서 벗어나 바다로 떠난 특별한 자유와 해방감에 대해 쓸 수도 있을 겁니다. 같은 에피소드라도 그 속에 어떤 생각과 감성을 담느냐에 따라 그 글은 세상에서 가장 특별한 이야기가 됩니다.

독자는 그런 특별한 렌즈에 감응합니다. 에세이를 쓴다는 건 '관점'을 보여주는 것입니다. 흔하디흔한 일상이지만, 어떤 렌즈로 보느냐에 따라 작품이 됩니다. 에피소드형 에세이를 쓸 때는 자기만의 렌즈를 찾는 일에 몰두해야 합니다. 나는 어떤 관점으로 삶을 바라보고 느끼는지, 일상에 어떤 의미를 부여하는지, 어떤 가치관에 따라 살고 싶은지를 글에 녹이는 것이죠.

그렇기에 내가 겪은 사건들을 단순히 기록하는 걸 넘어, 나는 평소에 어떤 관점으로 세상을 바라보고 삶을 대하는지에 대한 성찰을 습관화할 필요가 있습니다. 내 감정을 잘 들여다보고, 내 생각이 남들과 어떻게 다른지를 항상 고민해보는 것이죠. 그러한 차별점에서 자기만의 '렌즈'가 생기기 때문입니다. 같은 여행, 같은 나들이, 같은 이별을 경험해도 내가 어떻게 느끼느냐에 집중하는 것에서부터 나만의 글을 쓰는 '관점'이 시작된다는 걸 기억해야 합니다.

관념적 에세이

관념적 에세이란, 에피소드 없이 혹은 에피소드의 비중은 매우 적게 두고, 주로 자신의 생각을 쓰는 에세이입니다. 가령, '인생이란 무엇인가', '사랑이란 무엇인가', '불안은 어떻게 이겨내야 하는가'처럼 하나의 주제에 몰두해서 써내려가는 것이죠. 흔히 '철학 에세이'라 부르기도 합니다.

저는 에피소드형 에세이도 종종 쓰지만, 관념적 에세이를 더 많이 쓰는 편입니다. 20대 때부터 인문학 공부를 좋아했고, 실제로 인문학 책을 쓰기도 하면서 여러 주제에 대해 성찰할 기회가 많았기 때문이 아닐까 싶습니다.

관념적 에세이는 특히 독서를 좋아하는 분들이 쓰기 좋습니다. 아무래도 독서를 하다 보면 성찰을 많이 하게 되고, 각각의 주제에 대해 깊이 있게 써볼 수 있습니다. 여기서 한 가지 주의할 점은 관념적 에세이는 이미 다른 사람들이 한 성찰을 반복하는 경우가 많다는 것입니다.

예를 들어, '사랑이란 무엇인가'에 대해 쓴다고 해보죠. "사랑이란 욕망인가? 감정인가?" 이런 의문을 던지면서 사랑의 육체적 욕망 측면과 정신적 측면에 대해 성찰하는 이야기를 써보는 겁니다. 그런데 이는 수많은 철학자나 심리학자 들이 대부분 했던 이야기입니다. 내가 열심히 고민해서 쓰더라도 독자 입장에서 읽을 만한 가치를 부여하기는 쉽지 않습니다.

그래서 저는 '관념적 에세이'라 할지라도 자기만의 경험을 뚜렷하게 담는 걸 추천합니다. '사랑은 욕망이다'라는 주제가 아무리 뻔하다고 해도, 나의 진정성 있는 경험을 녹여낸다면 그 글은 세상에서 유일무이한 글이 되기 때문이죠. 이 세상에 완전히 똑같은 경험을 하는 도플갱어는 존재하지 않습니다. 내 나름의 경험과 이야기를 풀어내면서 깊이 있는 성찰을 한다면, 읽는 사람 입장에서도 더 재미있고 흥미로운 글이 될 수 있습니다. 게다가 실제 사례가 생생하게 녹아들어가면 추상적인 이야기에 그치지 않고 설득력도 더욱 높아지게 됩니다.

또 다른 방법으로는 좋은 책들을 인용해 나의 생각을 더하는 것입니다. 예를 들어, 에리히 프롬의《사랑의 기술》이나 롤랑 바르트의《사랑의 단상》같은 책을 읽으면서 느꼈던 점을 정리하고, 여기에 내 생각을 더할 수 있겠죠. 그러면 사랑에 대한 나의 생각에 더욱 명료한 근거가 생기게 됩니다. 나아가 저자와 다른 나만의 생각도 몇 줄 적는다면 독자 입장에서는 일석이조가 되겠죠. 에리히 프롬의 사랑관도 이해하고, 글쓴이만의 관점도 이해할 수 있으니까요.

이처럼 생각하길 좋아하는 분들은 다양한 주제에 대한 자기만의 생각을 자유롭게 써보되, 거기에 '구체적인 소재'를 더하면 좋습니다. 나의 실제 사례, 내가 읽은 책, 내가 본 영화, 내가 들은 강의 등 다양한 소재를 가져와 '생각'에 살을 붙여가는 것이죠. '순수한 생각이나 관념'은 다른 학자나 작가가 이미 했을 가능성이 높지만, 그런 다양한 '조합법'은 나만이 만들어낼 수 있습니다. 독창성은 바로 그런 '조합'에 있습니다.

사회 비평과
콘텐츠 리뷰 에세이

앞에서는 우리가 자주 쓰게 되는 '에피소드'와 '관념' 에세이에 대해 다뤄봤습니다. 살면서 겪은 에피소드는 수없이 존재하고, 우리 삶에는 수많은 관념적 주제도 존재하니 그 모든 게 우리 '안'에 있는 이야기라고 볼 수 있습니다. 반면, 이번에 이야기하고자 하는 에세이들은 우리 '바깥'에 있다고 볼 여지가 조금 더 많은 에세이입니다(엄밀히 따지면 모든 게 우리 '안'에 있는 이야기이자 우리 '밖'에서 들어온 이야기지만 편의상 '안과 밖'으로 나눠보겠습니다).

사회 비평 에세이

흔히 사회 비판이나 비평은 지식인들이나 하는 거라고 믿기 쉽습니다. 실제로 사회에 대한 시론을 신문 칼럼 등으로만 보던 시절이 있었죠. 당시 지식인들은 어깨에 한껏 힘을 주고 자기 이야기가 얼마나 통찰력 있고 객관적이며 논리적인지를 보여주려 했습니다.

요새도 그런 칼럼을 쓰는 분이 많습니다. 그러나 저는 요즘 칼럼이 '에세이화'되고 있다고 생각하는 편입니다. 내가 객관적으로 옳고, 나만의 진리를 알고 있어서 이런 지식을 사람들에게 가르친다는 관점보다는, 내가 경험한 주관적인 이야기를 전한다는 느낌에 가깝게 변모하고 있습니다.

이는 AI 시대와도 관련이 있다고 생각합니다. AI는 '그럴싸한 논리나 지식'을 가득 채운 글을 너무 쉽게 써냅니다. 반면, 삶의 경험은 인간밖에 할 수 없으니 진짜 경험이 담긴 이야기는 점점 더 귀해질 것입니다. 칼럼 한 편을 쓰더라도 '공허한 논리와 지식'만으로 채워진 글이 아니라, 자신의 진짜 삶의 경험에서 비롯된 이야기들이 점점 더 중요해질 수밖에 없습니다(물론 자신의 경험조차 AI로 지어내는 사람들이 없진 않겠지만, 그들이 오랫동안 신뢰받는 작가로 남긴 어려울 겁니다).

그래서 우리가 사회 비판적인 이야기를 쓸 때도, 꼭 세상의 모든 어려운 사회과학적 지식을 습득한 후에 쓸 필요는 없습니다. 내가 살면서 겪은 여러 경험을 토대로 우리 사회에서 비판할 만한 점을 찾아쓸 수 있죠. 저의 경우, 청년 시절에는 청년 당사자로 겪은 현실에 대해, 육아를 하면서는 육아 고유의 어려움과 차별의 경험을 쓰면서 사회의 각박함과 몰이해를 지적했습니다. 오히려 그런 '절절한 에세이' 야말로 더 많은 사람의 공감을 얻습니다.

그렇기에 사회 비판적인 글을 쓸 때는 복잡한 이론을 전개하며 이 사회에 대한 진리를 가르쳐주겠다는 태도보다는 나의 주관적 경험과 감정을 담아낸다고 생각하면 좋습니다. 물론, 객관적인 문제 인식과 그에 대한 해결을 찾아 고투하는 지식인들의 글쓰기가 잘못된 건 아닙니다. 하지만 우리가 어디까지나 에세이스트로서 이 시대에 유효한 어떤 장르의 글을 쓴다면 기존과는 다소 다른 태도로 접근을 해보자는 것이죠.

제가 쓴 《인스타그램에는 절망이 없다》가 바로 '사회 비평 에세이'로 쓰인 대표적인 책입니다. 저는 청년 시절의 여러 경험을 솔직하게 담아내면서 사회를 비평적으로 스케치하고자 했습니다. 청년으로 겪어야 했던 경쟁, 불안, 초조 같은 감정을 사회적인 문제로 접근해보려 했던 것이죠.

한 사회에 대해 문제의식을 공유하는 것은 동시대를 살아가는 사람들과 깊이 공감할 수 있는 주제입니다. 지나친 소비중심주의, 외모지상주의, 아이 낳고 키우기 힘든 세상, 혐오와 차별이 만연한 순간 등을 공유하는 것만으로도 더 나은 사회를 만들어나갈 여지가 생깁니다. 그렇기에 이런 장르의 에세이 쓰기는 실천 자체에 큰 의미가 있습니다.

콘텐츠 리뷰 에세이

우리는 콘텐츠를 엄청나게 소비하는 시대에 살고 있습니다. 책, 영화, 드라마, 다큐멘터리, 예능 프로그램 같은 전통적인 콘텐츠뿐만 아니라 유튜브, 쇼츠, 릴스, 게임 등도 많이 소비하고 있죠. 구독하는 뉴스레터나 SNS의 피드와 포스트도 콘텐츠에 해당됩니다. 이런 시대에 살고 있기 때문에, 자연스럽게 콘텐츠에 대한 글을 써볼 수 있습니다.

그런데 우리는 책이나 영화 같은 묵직한 콘텐츠에 대해 글을 쓸 때 다소 긴장하는 경향이 있습니다. 이를테면, 책 서평이나 영화 평론은 진지하게 써야 할 것만 같죠. 그러나 이 또한 우리가 그저 글쓰기를 '너무 심각하게' 생각하는 버릇일 수 있습니다(참고로 제가 쓴 책 중에《우리는 글쓰기를 너무 심각하게 생각하지》라는 제목이 있습니다).

어떤 책에 관해 쓴다고 해서 그 책을 완벽하게 요약할 필요도, 전혀 오독 없이 누군가에게 제대로 알려줄 필요도 없습니다. 영화 또한 마찬가지입니다. 궁예처럼 감독의 의도를 파악하거나 영화에 있는 온갖 상징적 요소를 신화학자처럼 해석해낼 필요는 없습니다. 중요한 건 그런 책과 영화가 실제로 '나'에게 어떻게 느껴졌으며, '내 삶'에 어떤 영향을 줬냐는 것이죠.

같은 책과 영화를 봐도 사람마다 느끼는 건 다르고 영향받는 점도 다릅니다. 무엇보다 각자에게 '꽂히는' 포인트가 매우 다릅다. 우리가 주목해야 할 건 바로 '나'에게 와닿은 그 부분입니다. 다른 사람들은 모두 사소하게 넘기는 장면일지라도 나에게는 어린 시절의 가장 중요한 순간을 소환해내는 장면이 있을 수 있습니다. 책에서는 스쳐가듯 다뤘지만, 실제로는 내게 가장 중요한 한 구절이 있을 수 있습니다.

저는 콘텐츠 리뷰 에세이란, 바로 그런 측면에 주목하는 것이라고 생각합니다. 물론, 그 콘텐츠를 모르는 사람까지 고려해서 어느 정도 내용을 소개하거나 요약해준다면 더욱 좋겠죠. 그렇지만 우리가 콘텐츠 리뷰 에세이를 쓴다면, 핵심은 어디까지나 '나의 렌즈'로 본 '그 작품'이라는 점을 기억해야 합니다.

그런 관점에서 어떠한 콘텐츠에 대해 글을 쓰든 좋습니다. 이는 1차적으로 내가 소비한 콘텐츠를 '소비'로 끝내지 않는다는 데 의미가 있습니다. 콘텐츠 소비를 글쓰기라는 '생산' 행위로 치환시키는 거죠. 삶을 소비하고 끝내는 게 아니라, 생산하며 쌓아나가는 것으로 만드는 겁니다.

나아가 콘텐츠에 대한 글쓰기의 장점 중 하나는 그 콘텐츠를 좋아하는 사람들을 독자로 확보할 수 있다는 점입니다. 나와 같은 콘텐츠를 좋아하는 누군가를 독자로 만난다는 건 그 자체만으로도 벅차고 멋진 일이죠. 우리는 그런 식으로 뭉치는 걸 좋아합니다. 실제로 수많은 동호회나 온라인 카페, 커뮤니티가 공통된 관심사로 모여서 만들어진 것이니까요.

그러니 내가 좋아한 콘텐츠가 있다면 마음껏 진심을 담아 써보도록 합시다. 사람들이 감응하는 건 그럴싸한 평론이 아니라 진심을 담은 글쓰기입니다. 이때의 진심은 나만의 '맥락'에서 본 콘텐츠라는 점을 잊지 말길 바랍니다. '부산에 사는 30대 기혼 여성'이 본 영화 〈어바웃 타임〉과 '치앙마이를 여행하던 20대 남성'이 우연히 본 〈어바웃 타임〉은 각각에게 전혀 다른 의미로 다가갈 겁니다. 지금의 나에게, 나의 맥락에서 그 콘텐츠가 어떻게 다가왔는지, 그래서 내 삶에 어떻게 스며들었는지를 쓰면서 콘텐츠 리뷰 에세이를 내 삶의 역사적 기록으로 남겨보도록 합시다.

좋은 에세이의 특징 하나, '솔직한 용기'

이번에는 '좋은 에세이'의 특징을 살펴보겠습니다. 세상에 백 명의 독자가 있으면 백 개의 취향이 있다고 할 수 있으니, 좋은 에세이의 특징을 딱 잘라 말하기는 어려울지도 모릅니다.

그러나 저는 10년 가까이 글쓰기 모임을 하면서 좋은 에세이의 기준에 대해 항상 일관되게 말해왔습니다. 나아가 많은 에세이를 읽으면서 기준이 더 명료해지고 있습니다. 시대를 막론하고, 심지어 아우구스티누스의 시대나 몽테뉴의 시대, 루소의 시대를 거쳐 최근에 이르러서도 그 기준은 크게 달라지지 않았다고 믿습니다. 제가 믿는 좋은 에세이의 기준은 '솔직함'과 '구체성', 그리고 '친절함'입니다.

먼저 '솔직함'에 대해 이야기해볼까 합니다. 우리가 회사 동료나 주변 사람들과 소통할 때, 아주 내밀한 이야기를 하는 건 쉽지 않습니다. 회사 동료와 점심을 먹다가 갑자기 어린 시절의 트라우마나 인간관계의 어려움, 꿈과 현실의 격차를 이야기하는 건 어딘지 이상하죠. 우리는 사회생활을 하면서 어느 정도 가면을 쓴 채로 살아가고 있습니다.

그러나 때로는 진심을 털어놓는 순간도 있습니다. 심리상담가 앞일 수도 있고, 믿고 이야기를 털어놓을 수 있는 친구나 연인 앞일 수도 있죠. 그럴 때, 우리는 내 마음으로 들어오는 비밀의 문을 열어주는 느낌을 받습니다. 상대방도 이 사람이 내게 '비밀의 문'을 열어줬구나 느끼게 되죠.

저는 좋은 에세이는 바로 이렇게 독자에게 '비밀의 문'을 열고 들어가는 느낌을 줘야 한다고 생각합니다. 어쩐지 모순적인 말 같기도 하죠. 회사 동료 두세 명에게도 말하지 못하는 비밀을 온 세상 독자들에게 떠벌리라고? 맞습니다! 에세이를 쓴다는 것은 그런 '용기'를 필요로 합니다.

독자는 작가의 솔직한 고백 앞에 서면 작가의 마음속 비밀의 문의 열쇠를 받았다고 느낍니다. 작가가 털어놓는 마음의 모순, 죄책감, 상처, 내밀한 기쁨 등 여러 감정을 마주하면서 친밀감을 쌓습니다. 동시에 나만 그런 게 아니었구나, 누구든 마음 깊은 곳은 다르지 않구나 하는 공감과 위로를 얻죠.

예를 하나 들어보겠습니다. 저는 글쓰기 강의를 할 때 종종 "세상에서 '왕따' 비슷한 것을 한 번도 경험해보지 못한 사람 있으세요?"

라고 묻습니다. 물론 아주 극심한 따돌림은 다소 드문 일일지 몰라도, 살면서 누구나 한 번쯤은 무리에 어울리지 못하고 은근히 소외되거나 박탈감을 느끼는 경험을 하게 됩니다. 생각해보면 당연한 일입니다. 우리는 유치원 때부터 성인이 될 때까지 매년 달라지는 반, 학원, 동아리, 스터디 등 수십 개의 단체 혹은 무리를 거칩니다. 그 모든 무리에 완벽하게 적응하는 사람은 없습니다. 누구나 한 번쯤 소외감을 느끼고 뒷담화의 대상이 되기도 한다는 것이죠.

주위에 이런 이야기를 털어놓긴 쉽지 않습니다. 이야기를 하고 나면 상대방이 나를 사회 부적응자처럼 볼까 봐 겁이 나기도 합니다. 회사에서는 나를 훌륭한 인재가 아니라고 생각할까 봐 걱정될 수도 있죠. 남들이 괜히 나를 이상하거나 모자란 사람으로 볼까 봐 무섭습니다. 그러나 진실은 다릅니다. 누구나 상처와 소외, 박탈감을 경험하고 죄책감과 수치심을 느끼며 실패와 좌절을 경험합니다. 글쓰기의 세계는 묘하게도 그런 이야기를 환영하면서 기다리고 있습니다.

우리가 어느 밤, 책 한 권을 펼쳐 빠져들어가는 한 사람의 내면 이야기, 즉 에세이에서 알게 모르게 기대하는 것도 바로 그런 것입니다. 우리는 생면부지의 타인이 내게 털어놓는 진솔한 이야기를 거울 삼아 자신의 내면도 들여다보게 됩니다. '아, 나도 그때 그렇게 힘들었구나, 나도 그런 시간이 참 소중했지, 나에게도 비슷한 마음이 있었지' 하면서 스스로에 대해 알게 되죠. 즉, 좋은 에세이를 만나면 작가와 친해지는 동시에 나 자신과도 더 친해지게 됩니다.

이런 '에세이 쓰고 읽기'의 본질에 관해 제가 자주 사용하는 비유가 하나 더 있습니다. '글쓰기란 마치 지하수에 이르는 여정과 같다'는 표현입니다. 우리가 땅 위에서 살아갈 때는 서로가 단절되어 있는 것처럼 느껴집니다. 그런데 각자의 집에서 우물을 파내려가서 지하수에 닿으면, 지면 아래에서는 하나의 물줄기로 이어져 있다는 걸 알게 되죠. 글쓰기는 꼭 이와 같습니다. 우리 집 마당의 우물을 팠을 뿐인데 알고 보니 그게 모두와 이어지는 길인 것이죠. 내 안의 솔직한 이야기들을 털어놓을 때 우리는 타인과 더 깊은 곳에서 연결됩니다.

한번 오늘이나 내일 서점 에세이 매대에 가서 작가들이 얼마나 솔직하고 용기 있는 고백을 하고 있는지 둘러보길 바랍니다. 여러분이 에세이를 쓴다는 건 솔직한 용기의 영역으로 나아가는 일입니다. 더 진실하게 사람과 이어지기 위해서 말이죠.

좋은 에세이의 특징 둘, '구체성과 친절함'

이번에는 좋은 글쓰기의 거의 절대적 요소라고 할 수 있는 '디테일'에 대해 이야기해볼까 합니다. 저는 글쓰기를 이야기할 때 디테일, 맥락, 구체성, 친절함을 모두 비슷한 의미로 사용합니다. 글쓰기란 어디까지나 디테일하게 쓰는 것인데, 이는 이야기의 맥락을 구체적으로(디테일하게) 쓴다는 의미이자 친절하게 하나하나 설명하겠다는 것이기도 합니다. 어떻게 말하든 글쓰기에서 무언가를 구체적으로 풀어쓰는 것의 중요성은 절대적입니다.

세상의 모든 글쓰기는 '디테일'에서 고유성을 갖게 됩니다. 예를 들어, '아침에 일어나 회사에 출근했고 동료들과 점심을 먹은 후 오후에 일을 하고 퇴근해 집에 돌아와 잠을 잤다'는 글을 썼다고 해봅시다. 이 이야기는 아마 진실이고 사실일 테지만, 구체성이 전혀 없는 매우 추상적인 글입니다. 추상적이라는 말은 다르게 말해 '일반적'이라는 뜻입니다. 가장 일반적인 이야기만을 한 것이고, 여기에는 내 글만의 특별함도 내 일상만의 고유성도 없습니다. 글쓴이가 누구든 이런 이야기는 읽을 이유가 없습니다.

세상에 존재하는 수많은 글 중에서 누군가가 내 글을 읽을 이유가 있으려면, 특별함 혹은 고유성이 있어야 합니다. 이를테면, 아침에 일어나는 일에 관해서도 구체적으로 써야 합니다.

오늘따라 아침에 일어나는 게 유난히 힘겨웠다. 커튼을 열었더니 창밖은 우중충하고 비가 내리고 있었다. 이런 날은 유독 출근하기가 싫어진다. 하지만 단지 기분 때문에 출근을 하지 않을 수는 없어 억지로 자리에서 일어났다. 대신 오늘은 평소에 입지 않던 거대한 빨간 악마가 그려진 티셔츠를 입었다. 삶과 세상에 반항하고 싶은 마음을 내 나름대로 소심하게 표현한 것이다. 상사가 한 소리 할 수는 있겠지만, 고작 악마 티셔츠를 입었다고 승진에서 누락되거나 회사에서 잘리지는 않을 것이다. 그랬더니 집 밖을 나서는 게 약간 설레기도 하고 묘하게 기분이 좋아졌다.

분명 그냥 아침에 일어나 출근한 이야기지만, 디테일을 더하니 고유한 단락이 되었죠. 흥미로운 건 우리가 이렇게 특별하고 고유한 나만의 이야기를 썼을 때 독자와 한층 더 가까워진다는 점입니다. 어떻게 보면, '아침에 일어나 출근했다'는 사실을 모두가 공유하기 때문에 그렇게만 쓰는 것이 더 많은 공감을 불러일으킬 것 같기도 합니다. '빨간 악마 티셔츠'라니, 그런 건 너무 특이하고 일반적이지도 않아 공감하기 어려워 보이죠. 실상은 다릅니다. 우리는 타인의 '구체적이고 남다르며 고유한 일상' 속에서 공감할 점을 더 쉽게 찾아냅니다. '맞아, 나도 그렇게 출근하기 싫을 때가 있지. 그럴 때 나는 몰래 발톱에 매니큐어를 바르는데 이 사람은 조금 더 대담하네' 같은 식으로 생각하며 공감과 이해의 지점을 '스스로' 발견합니다.

세상에 똑같은 사람은 없습니다. 생김새도, 취향도, 처한 환경도 다 조금씩 다릅니다. 그럼에도 우리가 서로를 비슷하게 느끼고 공감하는 이유는 우리의 '적극적인 공감 행위' 때문입니다. 똑같진 않지만 유사한 부분에서 동질감을 찾아내고 싶어 하는 것이죠. '똑같은 것'은 오히려 이상합니다. 똑같으면 도플갱어처럼 어딘지 무섭고 낯설고 이질적입니다. 대신, 다른 누군가의 고유한 일상에서 '비슷함'을 느끼면 공감 능력을 발휘해 적극적으로 공감하는 행위로 들어섭니다.

그래서 글을 쓰는 사람은 자기의 고유한 디테일들을 당당하게 이야기하면서도, 그게 아무도 공감할 수 없는 외계인의 이야기가 아니라 오히려 누군가 공감해줄 특별함이라 걸 스스로 믿습니다. 내가 매일 강가를 달리는 일에 관해 쓰면, 누군가는 매일 아침 수영하는 일을 떠올립니다. 내가 사랑하는 아이와 공원에서 뛰어노는 일을 쓰면, 누군가는 강아지와 풀밭에서 뛰어노는 일을 생각해내죠. 그러나 그냥 '매일 운동하고 주말에 사랑했다'라고 쓴 이야기는 아무도 공감할 수 없습니다. 누구도 그런 추상적인 문장 앞에서는 공감 능력을 발휘하지 않습니다.

친절함도 같은 맥락으로 이해할 수 있습니다. 예를 들어, 어느 일요일에 느낀 감정을 묘사하면서 '그날은 슬펐다'라고만 쓴다면, 독자는 전혀 이해하지 못합니다. 왜 하필 그 일요일에 슬펐는지 독자에게 친절하고 구체적으로 설명해야 합니다. '어제 애인이 나에게 이별을 통보했다. 다음 날 일어나니 공허한 슬픔이 몰려왔다. 하루가 텅 비어버린 것 같았다'라고 씀으로써 내 '감정'의 맥락을 독자에게 친절하게 알려주는 것입니다.

이처럼 구체적이고 친절한 글쓰기라는 것은 우리가 좋은 관계를 맺기 위해 하는 좋은 대화의 요소와도 맞닿아 있습니다. 가족이나 연인이 "오늘 하루 어땠어?"라고 묻는 말에 "그냥 그랬어" 하고 답해버리면 대화는 단절되고 좋은 관계를 만들어가기도 어려울 겁니다. 그럴 때, 오늘의 이야기와 마음을 구체적이고 친절하게 표현해 전달할 줄 안다면 좋은 대화가 시작되기도 하겠죠. 글쓰기도 다르지 않다는 걸 기억합시다.

쇼잉과 텔링

에세이를 쓰고자 하는 분들, 나아가 소설 쓰기에도 관심 있는 분들이라면 반드시 알아야 할 개념이 있습니다. '쇼잉showing'과 '텔링telling'인데요. 이 개념을 아는 것만으로도 에세이를 보는 눈이 달라집니다. 쇼잉은 '장면 보여주기', 텔링은 '생각 말하기'로 정의할 수 있습니다. 쇼잉으로 글을 쓰는 것과 텔링으로 글을 쓰는 것은 전혀 다른데요, 직장 상사가 나에게 심한 모욕을 준 상황으로 예를 한번 들어보겠습니다.

쇼잉으로 글쓰기

갑자기 상사가 내 책상에 보고서를 집어던졌다. 모니터 화면을 보며 업무를 하던 나는 깜짝 놀라 고개를 돌렸다. 옆에는 언제 왔는지도 모를 상사가 험상궂은 표정으로 나를 내려다보고 있었다. 당황해 꼼짝도 못한 채 상사만 멀뚱멀뚱 바라봤다.

"김 대리, 이딴 걸 보고서라고 가져왔어?"

얼굴이 달아오르는 걸 느끼며 자리에서 일어났다. 주변이 한순간 고요해졌다.

"내가 분명히 관련 사례 더 찾아서 넣으라고 이야기했는데, 고작 넣었다는 게 대충 인터넷 기사 긁은 거야? 이걸로 뭐 시장조사 끝났다고 부장님께 보고하라고? 회사 보고서가 무슨 초등학생 방학 숙제인 줄 알아?"

항변하고 싶었지만 차마 말이 나오지 않았다. 인터넷 기사를 대충 긁은 게 아니라, 나름대로 중요한 통계 자료가 인용된 기사들을 찾고 또 찾아서 양질의 기사 여러 개를 인용했다. 그리고 뒷장까지 봤는지 모르겠지만, 미주에는 논문까지 인용해 달아놓았다. 보고서를 대충 확인하고 나를 매도하는 게 분명했다.

텔링으로 글쓰기

오늘 직장에서 상사로부터 부당한 대우를 당했다. 나는 나름대로 최선을 다해 보고서를 작성했지만, 상사는 내용이 마음에 들지 않은 듯했다. 그는 내게 모욕적인 언사를 보였다. 처음에는 당황스럽고 부끄러웠다. 하지만 생각할수록 잘못은 부당한 방식으로 모욕을 준 그에게 있었다. 설령, 내가 잘못했다고 해도 타인의 인격을 모독할 자격은 그 누구에게도 없다. 단지 직장 상사라는 이유 때문에 아무 말도 못했던 내가 부끄럽다. 나는 이 문제에 정식으로 맞서 싸울 생각이다. 내가 실수했거나 잘못해서 지적을 받았다면 모를까, 실제로는 그가 내 보고서를 제대로 검토하지 않았고, 더 문제는 그의 지적 방식이었다. 내가 이 모욕적인 갑질과 맞서 싸우지 않는다면 분명 또 다른 피해자가 생길 것이다.

이제 두 글의 차이점을 알 수 있을 것입니다. 쇼잉은 당시의 상황을 생생하게 드러내 보이면서 독자를 그 '현장'에 데려간 듯한 느낌을 주는 글쓰기입니다. 최근 현대소설의 경우에는 '쇼잉'이 대부분을 차지하며, 독자가 순수하게 이야기에 몰입하고 따라갈 수 있도록 당시 상황을 생생하게 전달합니다.

반면, 텔링은 현장과 일정 거리를 두면서 나의 생각을 위주로 이야기를 펼쳐가는 방식입니다. 독자를 현장으로 데려가 공감을 불러일으키기보다는 내 생각을 나름대로 소리 있게 풀어나가면서 '생각'을 통해 공감을 불러일으키는 것이죠.

이 두 가지 방식 모두 에세이에서 골고루 쓰입니다. 작가에 따라 쇼잉의 비중이 매우 높은 경우도 있고, 반대로 거의 텔링으로만 가득한 글을 쓰는 경우도 있습니다. 저는 쇼잉 위주의 글과 텔링 위주의 글을 꽤 골고루 쓰는 편입니다. 그래도 굳이 꼽자면 주로 '텔링'으로 가득한 글을 더 많이 쓰죠. 아마 제가 생각이 많은 편이라 그걸 정리해서 쓰는 걸 즐기고, 또 편하게 느끼기 때문일 겁니다(앞에서 얘기한 '에피소드형 에세이'와 '관념적 에세이'를 떠올려봐도 좋습니다. 에피소드형 에세이는 쇼잉의 비중이, 관념적 에세이는 텔링의 비중이 높겠죠).

둘 중 뭐가 '더 좋은' 방식이라고 하긴 어렵습니다. 그보다는 취향 차이라고 봐야겠죠. 독자들 중에서도 쇼잉이 강한 에세이를 훨씬 재밌게 느끼는 경우가 있고, 텔링이 두드러지는 에세이에서 깊은 감명을 얻는 경우도 있습니다.

저는 글쓰기 수업을 할 때, 쇼잉과 텔링이 조화를 이룬 글을 써볼 것을 권유합니다. 자기만의 스타일이 확고한 작가들은 쇼잉이든 텔링이든 한쪽에 치중한 글을 자유롭게 쓸 수 있습니다. 그러나 스타일을 찾아가는 과정이라면, 역시 두 가지 글쓰기 방식을 골고루 다뤄보기를 추천합니다.

쇼잉과 텔링을 골고루 사용해 글을 쓰는 법은 의외로 간단합니다. 제가 앞에서 다룬 '직장 상사' 사례에서 낮에 있었던 사건을 '쇼잉'으로 충분히 풀어쓴 다음에, '텔링'으로 마무리하는 것입니다. 합치면 다음과 같이 되겠네요.

쇼잉과 텔링을 결합한 글쓰기

오늘 낮, 갑자기 상사가 내 책상에 보고서를 집어던졌다. 모니터 화면을 보며 업무를 하던 나는 깜짝 놀라 고개를 돌렸다. 옆에는 언제 왔는지도 모를 상사가 험상궂은 표정으로 나를 내려다보고 있었다. 당황해 꼼짝도 못한 채 상사만 멀뚱멀뚱 바라봤다.

"김 대리, 이딴 걸 보고서라고 가져왔어?"

얼굴이 달아오르는 걸 느끼며 자리에서 일어났다. 주변이 한순간 고요해졌다.

"내가 분명히 관련 사례 더 찾아서 넣으라고 이야기했는데, 고작 넣었다는 게 대충 인터넷 기사 긁은 거야? 이걸로 뭐 시장조사 끝났다고 부장님께 보고하라고? 회사 보고서가 무슨 초등학생 방학 숙제인 줄 알아?"

항변하고 싶었지만 차마 말이 나오지 않았다. 인터넷 기사를 대충 긁은 게 아니라, 나름대로 중요한 통계 자료가 인용된 기사들을 찾고 또 찾아서 양질의 기사 여러 개를 인용했다. 그리고 뒷장까지 봤는지 모르겠지만, 미주에는 논문까지 인용해 달아 놓았다. 보고서를 대충 확인하고 나를 매도하는 게 분명했다.

처음에는 당황스럽고 부끄러웠다. 하지만 생각할수록 잘못은 부당한 방식으로 모욕을 준 그에게 있었다. 설령, 내가 잘못했다고 해도 타인의 인격을 모독할 자격은 그 누구에게도 없다. 그는 자

 단지 직장 상사라는 이유
때문에 아무 말도 못했던 내가 부끄러워졌다. 나는 이 문제에 정
식으로 맞서 싸울 생각이다. 내가 실수했거나 잘못해서 지적을
받았다면 모를까, 실제로는 그가 내 보고서를 제대로 검토하지
않았고, 더 문제는 그의 지적 방식이었다. 내가 이 모욕적인 갑질
과 맞서 싸우지 않는다면 분명 또 다른 피해자가 생길 것이다.

이 '합본'에서 보면 저는 '밑줄' 부분을 추가해서 쇼잉으로 쓴 부
분과 텔링으로 쓴 부분을 유기적으로 합치려 했습니다. 이런 식으로
사례의 장면과 의미를 이어 붙여 쇼잉과 텔링이 조화를 이루도록 만
들 수 있습니다.

쇼잉은 독자에게 당시 상황을 '함께' 느끼게 한다는 점에서 유용
한 글쓰기 방식입니다. 독자는 작가와 '동일시'되어 상황을 함께 보
고 느끼게 되죠. 이야기꾼으로서 작가의 특징이 가장 잘 드러나는 방
식인 셈입니다.

반면, 텔링은 함께 깊은 생각을 해보게 한다는 점에서 의미가 있
습니다. 이는 에세이의 독특한 특성이기도 합니다. 소설에서는 이야
기의 '의미'를 구구절절 해설하진 않습니다. 물론 톨스토이 시절의
소설 같은 경우에는 작가가 인생의 의미를 소설 속에서 설파하기도

했지만, 요즘 소설들은 대체로 이야기 전달에 치중하죠. 그러나 에세이는 작가가 독자에게 소설처럼 내용을 '보여주는' 데 그치지 않고 '직접' 말을 거는 장르입니다. 그렇기에 에세이의 꽃은 '텔링'에 있다고도 말할 수 있죠.

한 편의 이야기를 소설처럼 보여주고, 그에 대한 작가만의 관점을 드러내며 생각과 의미까지 전달한다면 에세이로서 충분한 골격을 갖췄다고 볼 수 있습니다.

많은 분이 글쓰기란 '벽 보고 하는 독백'이라는 관념을 갖고 있습니다. 절간에서 혼자 쓰거나 고요한 방에서 벽을 보며 이야기하는 고독한 행위 같은 것이라고 믿고 있죠. 아마도 여러 매체를 통해 외롭게 타자기를 두드리고 있는 작가의 이미지가 우리 머릿속에 너무 강하게 박혀 있기 때문이 아닐까 싶습니다.

물론, 글쓰기는 혼자 하는 일입니다. 그러나 글쓰기의 본질은 독백이 아닌 대화입니다. 우리가 내 안에 있는 마음이나 감정 같은 것을 굳이 '언어'로 풀어내 '적겠다'는 것은 사실 누군가와 '소통'하겠다는 무의식적 의지에서 비롯됩니다. 애초에 언어란 타인과의 소통을 위해 만들어졌기 때문이죠.

언어의 발명은 생존을 위해 반드시 필요했습니다.

'나는 당신의 적이 아니다.', '나에게 물을 좀 달라.', '내가 고기를 잡아올 테니 당신이 과일을 구해와라.', '내가 집을 지을 테니 당신이 호랑이로부터 나를 지켜달라.'

언어는 이런 소통과 협력을 위한 절실한 필요로 만들어졌습니다. 그렇기에 우리가 굳이 가장 정교한 언어 행위라고 할 수 있는 글쓰기를 하고 싶다고 마음먹은 순간, 우리는 언어 속에 담긴 소통의 꿈을 실현하고 있는 것입니다.

글쓰기를 할 때 '나는 하고 싶은 말을 아무렇게나 할 테니, 알아듣든지 말든지 알아서 해라'라는 태도는 곤란합니다. 구체적인 대상을 떠올리고 그 사람에게 '말을 건넨다'는 생각을 가지는 게 좋습니다. 여기에서 '대상'을 누구로 설정할지가 무척 중요합니다. 내 생활을 구구절절 알고 있는 친구나 가족을 떠올릴 수도 있고, 처음 보는 완전히 낯선 소개팅 상대를 떠올릴 수도 있습니다. 아니면 적당히 할 말과 안 할 말을 가리며 지내는 직장 동료도 있죠.

만약 글을 쓸 때 나의 진실을 쓸 용기가 부족하고 너무 어색하다면, 내 이야기를 참 잘 들어주는 친구나 가족을 떠올리는 걸 추천합니다. 만나기만 하면 유독 이야기가 술술 나오는 그런 친구가 한 명쯤 있지 않나요? 그 사람이 앞에 있다고 생각하고 찬찬히 나의 이야기를 풀어보는 겁니다. 그 친구한테 말을 걸 듯 글을 쓰다 보면, 한 편은 금방 뚝딱 쓰게 됩니다. 이 방법도 어렵다면 아예 그 친구에게 '편지'를 쓴다고 생각해도 좋습니다. 그렇게 시작하는 거죠.

글을 쓰긴 하는데, 내용이 너무 사적이거나 사소하다고 느껴지면 다른 사람이나 상황을 떠올려보면 좋습니다. 소개팅 상황을 예로 들어보죠. 우리가 낯선 소개팅 상대한테 나의 모든 이야기를 가감 없이 늘어놓진 않을 겁니다. 상대가 받아들일 만한 이야기나 재미있는 이야기부터 차근차근 시작하겠죠. 어제 운동을 하러 나갔다가 공원에서 우연히 육지거북을 발견했다고 해봅시다. 소개팅에서 하기에 꽤 흥미로운 이야기겠죠? 왜 공원에 갔는지, 언제 어디에서 육지거북을 봤는지, 육지거북을 봐서 어떤 감정이 들었는지 재미있게 얘기하려 할 겁니다. 글쓰기도 그렇게 하면 됩니다.

글에 따라서 내 앞에 청중이 있다고 생각해도 좋습니다. 어쩌다 보니 중학교에서 감동적인 인생 이야기를 해달라는 특강 요청을 받았다고 해봅시다. 학생들에게 무슨 이야기부터 해야 할까요? 오늘 날씨? 이런 건 너무 식상하죠. 대신 학생들이 좋아할 만한 '콘텐츠' 이야기를 해볼 수 있습니다. 요즘 아이들이 좋아하는 만화를 나도 어제 재밌게 봤다는 이야기부터 시작해서 차차 내가 하고 싶은 말을 꺼내겠죠. 글쓰기도 똑같습니다. 그렇게 청중 같은 '독자'를 떠올리며 글을 쓰기 시작하는 겁니다.

제가 지금까지 만난 여러 편집자는 독자를 대략 '중학생' 정도로 두라는 이야기를 많이 했습니다. 아무래도 글을 쓰다 보면, 나도 모르게 상대방이 잘 이해할 수 없는 이야기를 쓰게 되곤 합니다. 사람들은 저마다 잘 아는 분야가 있는데, 자연스레 자기가 잘 아는 내용을 많이 쓰게 됩니다. 직업에 대한 전문적인 이야기는 물론이고, 취미 같은 것도 마찬가지죠. 법적인 이야기만 하더라도 채권자와 채무자, 민사와 형사, 일반법과 특별법 같은 개념은 변호사에게는 너무 당연한 상식적인 개념이지만, 사람에 따라서는 상당히 헷갈리거나 낯설 수 있습니다. 취미도 마찬가지입니다. 관심이 없는 사람은 베토벤과 모차르트의 음악이 헷갈릴 수도 있고, 무라카미 하루키나 우디 앨런이 누군지 모를 수 있습니다.

그렇기에 우리는 내가 설정한 '적당한' 독자와 대화를 한다는 태도를 지녀야 합니다. 약간 과장해서 말하면, 이것이 글쓰기의 전부라고도 할 수 있습니다. 석사나 박사 학위 논문 심사를 앞둔 사람이라면, 지도 교수를 독자로 두면 됩니다. 지도 교수만을 향해 쓴 그 글을 중학생이 사랑하긴 힘들겠죠. 회사를 상대로 한 자기소개서라든지 대학교에서 쓰는 리포트도 대상 독자가 매우 제한적입니다. 인사팀 직원이나 과목 담당 교수 정도가 대상 독자입니다. 그러나 내가 많은 사람에게 읽히는 에세이를 쓰고 싶다면 그에 걸맞은 독자를 상정해야 합니다.

출판사 편집자들이 그 대상을 주로 '중학생' 정도라고 하는 이유는 아마 많은 사람이 좋아하는 글은 중학생이 읽고 이해할 수 있는 정도이기 때문이지 않을까 싶습니다. 생각해보면, 제가 중학생 때 읽었던 책들도 주로 베스트셀러였습니다. 아마 우리는 어른이 되면서 스스로가 대단히 성장했다고 믿지만, 나의 특정 분야가 아닌 다른 분야에 대한 수준은 중학생 수준에 머물러 있을지도 모릅니다. 하나 고백하자면, 저도 고등학교 과학책이나 수학책은 어렵습니다. 고등학교 역사 교과서만 봐도 모르는 내용이 한가득입니다. 그러니 독자를 '중학생' 정도로 두는 건 나쁘지 않은 선택입니다.

한 편의 글에는 하나의 메시지만 담자

지금까지의 이야기들이 점점 '독자'로 수렴된다는 걸 느꼈을지 모르겠습니다. 글을 쓴다는 건 아무도 이해할 수 없는 이야기를 맥락 없이 펼쳐놓는 행위가 아닙니다. 글쓰기는 확실히 독자를 염두에 두고 이뤄지는 일입니다. 청중을 전혀 고려하지 않은 아이들의 피아노 건반 두드리기는 '재미있는 장난'은 돼도, 훌륭한 연주는 될 수 없습니다. 바닥에 전지를 펼쳐놓고 즐겁게 온갖 낙서를 하면 스트레스를 풀 수는 있겠지만, 그것이 좋은 미술 작품이 되긴 어렵습니다. 글쓰기도 마찬가지입니다. 글쓰기는 독자와의 대화입니다.

그런 관점에서 또 하나 기억해야 할 것이 있습니다. 글 한 편에는 가능한 한 '하나의 메시지'만을 담아야 한다는 점입니다. 글을 쓰다

보면 하고 싶은 말이 많아집니다. '신혼여행'에 대해 글을 쓴다고 해 봅시다. 대부분의 사람이 여행을 떠나는 시점부터 시작해서 가서 느꼈던 것들, 설렜거나 실망했던 감정, 새로웠던 풍경, 돌아올 때의 느낌, 그 사이사이에 했던 여러 가지 생각을 두서없이 '모두' 기록하려 할 겁니다. 만약 친구를 앞에 두고 그 이야기를 모두 늘어놓으면, 친구는 들어주다가 하품을 하며 졸아버릴지도 모릅니다.

그보다는 '신혼여행'이라는 큰 틀에서 '집중적'으로 이야기하고 싶은 주제를 하나 정해야 합니다. 예를 들어, 다툼과 화해라는 주제로 써볼 수 있겠죠. 연인에서 배우자가 된 사람과 여행을 떠나는 마음은 무척 설레겠지만, 막상 떠나고 보니 사소한 것들로 부딪히며 다툴 수 있습니다. 그럼에도 여행이 끝날 무렵에는 서로 이해하고 화해했을 겁니다. 이 과정에서 어떤 관계든 다툼 없이 만들어지지 않는다는 걸 깨달았을 수 있습니다. 만약 이 이야기를 쓰고자 한다면 조식으로 뭐가 나왔고 쇼핑몰에서 어떤 물건을 샀으며 지나가는 커플의 사진을 찍어준 일 등 필요 없는 다른 것들은 과감히 빼야 합니다.

이는 글쓰기뿐만 아니라 말하기의 기본이기도 합니다. 우리는 때로 무슨 이야기를 하는지도 모른 채 두서없이 말을 늘어놓습니다. 그러면 상대방은 '얘가 그래서 도대체 무슨 말을 하려는 거야' 하고 생각할 겁니다. 그러니 하고자 하는 이야기를 '하나'로 수렴시켜 명확하게 해야 합니다. 사실 이것만 해내도 메시지가 무엇이건 간에 상당히 좋은 글에 속한다고 할 수 있습니다. 대부분의 사람은 글을 두서없이 써서 글의 주제가 무엇인지 파악하기 어려운 경우가 많습니다.

글은 시작할 때부터 마칠 때까지 '하나의 과녁'을 향해가는 것이 핵심입니다. 만약 단락마다 다른 에피소드를 전하고, 다른 작품들을 인용했는데 그 모든 이야기가 마지막에 '하나의 메시지'로 수렴된다면? 대단한 글인 것이죠. 누구나 감탄하게 됩니다.

'어제 상사로부터 모욕을 당했다'로 시작하는 글이 있다고 해봅시다. 모욕당한 이유와 상사의 나쁜 점을 구구절절 쓰게 되겠죠. 그러다가 두 번째 단락에서《주역》에 대한 이야기를 하면서 '감정의 절제'에 관해 썼다고 해봅시다. 그리고 세 번째 단락에서는 영화 〈신세계〉를 언급하면서 '조폭들의 세계에서도 엎드린 호랑이처럼 오래 기다리며 절제하는 것'이 얼마나 중요한지 쓰는 거죠. 네 번째 단락에서는 '할아버지가 돌아가시기 전에 너는 늘 성정이 조급하니 그것을 다스려야 한다고 말했다'는 옛 이야기를 했다고 해보죠. 각 단락이 모두 다른 이야기 같지만, 마지막 단락에서 감정 표출의 절제에 대한 중요성으로 함께 '엮을' 수 있습니다.

중요한 건 '하나의 메시지'입니다. 우리가 한 편의 에세이를 쓰기로 했다면, 이처럼 하나의 메시지로 수렴하는 이야기를 써야 합니다. 책 한 권을 쓸 때도 그 안에 여러 주제를 담을 수 있습니다. 1부에서는 관계 맺기의 중요성, 2부에서는 커리어 관리의 중요성, 3부에서는 독서의 중요성을 쓰는 거죠. 각 부 안에 들어가는 각 장에서는 또 다른 이야기를 할 수 있습니다. 그러나 총 3부에 걸친 이야기가 모두

'하나의 메시지'로 이어져야 '한 권의 책'이 됩니다. '인생을 잘 사는 태도' 같은 게 그 책의 '메시지'가 되겠죠.

한 편의 글에 '하나의 메시지'를 명료하게 담을 줄 알아야 한 권의 책도 쓸 수 있습니다. 물론, 책도 다양하다 보니 여러 메시지를 가진 글을 두서없이 엮기도 합니다만, 그런 경우에도 한 편 한 편의 글은 분명 뚜렷한 메시지를 담고 있습니다. 나아가 그 글들의 메시지가 이어져 '단일한 콘셉트' 정도는 잡혀야 적어도 한 권의 책이 되죠.

독자를 앞에 앉혀놓고 하나의 이야기를 합시다. 더 하고 싶은 이야기가 있어도 잠시 참기로 하죠. 글 한 편이야 더 쓰면 되니까요. 저는 보통 여행을 한 번 다녀오면, 그 여행에 대해 평생 씁니다. 한 번은 사랑의 소중함, 한 번은 자유의 감각, 한 번은 각기 다른 문화의 차이와 인정 같은 식으로 매번 다른 주제로 '하나의 여행'을 우려먹습니다. 이 모든 이야기를 글 하나에 담으려고 하면 틀림없이 실패한 글이 될 겁니다. 그런 글은 작가가 무슨 말을 많이 하긴 했는데 인상적인 건 하나도 남지 않는 난잡한 글로 독자의 머릿속만 어지럽힐 것입니다.

이 글 한 편을 읽고 무슨 생각을 했나요? 간단하죠. 저는 딱 하나의 메시지만 전달했습니다. 잘 기억했으면 좋겠습니다.

글은 건축물과 같다

점점 글쓰기의 심화 세계로 들어가고 있습니다. 어쩌면 너무 어렵게 느껴질지도 모르겠습니다. 글쓰기 이론을 한번에 소화하려고 하면 체하기 십상입니다. 글쓰기는 최소 몇 년은 이어가야 성과를 얻는 일이기 때문에 시작부터 모든 걸 소화시키려고 욕심 낼 필요는 없습니다. 만약 여기까지 읽은 독자라면, 너무 한꺼번에 모든 내용을 적용시키려 하기보다는, 슬슬 2부에 있는 소재로 글을 몇 편 써보는 것을 추천드리고 싶습니다.

저는 글쓰기를 수영과 같다는 비유를 자주 합니다. 수영은 이론을 아무리 배워도 한 번 연습해보는 것만 못하죠. 글쓰기도 마찬가지입니다. 머리로는 알아도 좀처럼 아는 대로 써지지 않는 게 글입니다. 그러니 너무 부담 갖지 말고 한 편 한 편 써보면 어떨까 싶습니다.

여러 글쓰기 이론은 오히려 '퇴고'하며 '다시 쓸 때' 적용해보는 게 좋습니다.

이번에 할 이야기도 사실은 '퇴고'에서 더 중요한 내용입니다. 바로 글의 '시작'과 '마무리'를 고려하는 일이죠. 글을 제대로 쓰고자 한다면, 세세한 건 둘째 치더라도 시작과 마무리를 고민하는 습관을 들일 필요가 있습니다. 우선, 시작에 대해 이야기해보겠습니다.

시작

지금 시대에 '읽히는 글'을 쓴다는 건 쉽지 않은 일입니다. 무엇보다 세상에 볼 게 너무 많죠. 우리는 매순간 스마트폰에 관심을 빼앗기고 있습니다. 그 속에는 내 관심을 끝없이 끌어당기는 온갖 짧고 긴 영상, 커뮤니티의 짤, 밈, 뉴스, 웹툰 등이 가득합니다. 최근에는 이용자의 입맛에 딱 맞는 이야기만 해주는 AI까지 있습니다.

그런 상황이니 어떤 식으로든 내가 쓴 글이 '읽힌다면' 약간 기적에 가깝다고 생각해야 합니다. SNS에 올린 글이든, 신문 칼럼이든, 서점에 진열된 책이든 마찬가지입니다. 관심거리로 가득한 세상에서 독자가 어디선가 내 글을 발견해 '끝까지' 읽었다면 기적이라고밖에 볼 수 없죠.

무슨 글이든 써놓으면 '한번 읽어보자' 하고 독자가 마음먹어주던 시대도 있었습니다. 다른 콘텐츠도 적고 글도 적던 시절이었죠.

그땐 신문에 실린 칼럼이기만 하면, 잘 쓴 글이든 못 쓴 글이든 읽어주던 독자가 있었습니다. 이제는 시대가 바뀌었습니다. 우리는 글의 첫 시작에서 독자의 시선을 끌어야 하고, 계속 읽게 만들어야 합니다. 글이 끝나고 나서는 독자가 나의 다른 글도 찾아보게 해야 하죠. 그렇지 않으면 독자는 첫 문장이나 첫 단락을 읽다가 도망가버립니다. 아니면 다 읽고 나서도 나의 글을 다시 찾을 일조차 없게 되죠.

그러니 어떻게 글을 '시작'하면 매력적일지 고민해야 합니다. 가장 좋은 건 '호기심'을 불러일으키는 겁니다. 예를 들면 이런 문장들입니다.

"오늘 평생 잊지 못할 사건이 일어났다."
"나는 20년이 지난 지금까지 그날의 일을 후회하고 있다."
"생각할수록 그 사람은 나에게 그래서는 안 됐다."
"이번 여행은 내게 최악이자 최고의 경험이었다."

중요한 이야기가 뒤에 이어질 것을 '예고'하면서 독자의 '호기심'을 불러일으키는 간단한 문장들이죠. 저는 이 문장을 3초에 하나씩 썼습니다. 그럼에도 이 간단한 문장들은 분명히 독자의 관심을 불러일으킵니다. 여러분도 조금만 고민해보면 이런 문장들을 3초에 하나씩은 만들 수 있습니다. 즉, 누구나 할 수 있는 방법입니다.

글을 그냥 쓸 수도 있겠지만, 어떻게 해야 초반부에 독자의 흥미를 끌지 고민하면 확실히 좋은 글을 쓰는 데 도움이 됩니다. 이렇게 글의 첫 부분을 구성하면서 계속 이 방법을 응용해볼 수 있습니다. 가령, 첫 단락의 마지막 줄도 비슷하게 쓰는 겁니다. 한번 제가 즉흥적으로 문단 하나를 써보도록 하겠습니다.

오늘 평생 잊지 못할 사건이 일어났다. 그 일은 모처럼 아이를 등원시키고 혼자 공원에서 산책할 때 벌어졌다. 나는 아이를 등원시키고 나면 부리나케 집으로 돌아오지, 굳이 공원을 걷지 않는다. 아마 올해에 공원을 거닌 건 그날이 두 번째인가 세 번째였을 것이다. 그저 날씨가 너무 좋았고, 그날따라 피기 시작한 매화가 눈에 들어왔고, 왠지 몸이 가벼워서 나도 모르게 발걸음을 옮겼다. 그렇게 물 흐르듯 자연스럽게 공원에 들어섰는데, 처음에는 내가 무엇을 본 것인지 깨닫지 못했다. 마치 뇌 기능이 정지한 것처럼 한동안 내 눈에 들어온 그것의 정체를 파악할 수 없었다. 아니, 인정할 수 없었다.

대단한 내용은 아닙니다. 그러나 이 정도면 독자를 안달나게 할 만합니다. 독자는 궁금해서 '다음 단락'을 읽고 싶을 겁니다. 다음 단락이 '그것'의 정체를 '예고'하면서 독자의 '호기심'을 계속 끌어갈 것이기 때문입니다. 물론, 글 전체에서 내내 이런 긴장감을 이어가는 건 쉽진 않습니다. 다만, '시작' 부분이라도 이렇게 호기심을 끌어보

자는 거죠. 같은 이야기도 어떻게 시작하느냐에 따라 참으로 지루해
질 수도, 너무나 흥미진진해질 수도 있으니까요.

마무리

다음으로 생각해볼 건 글의 '마무리'입니다. '유종의 미'라는 말처
럼 글도 마무리가 무척 중요합니다. 제가 글쓰기 모임을 해보면 많은
분이 가장 어려워하는 게 '마무리'입니다. 글의 시작에서 호기심을
끌어내거나 중반부에 하고 싶은 이야기를 펼쳐나가는 것 정도는 해
내는데, 마무리는 늘 어렵다는 이야기를 듣습니다.

여기에서 생각해봐야 할 한 가지가 '에세이'의 성격입니다. 최근
현대 소설은 대부분 메시지가 명료하지 않습니다. 오히려 독자가 스
스로 메시지와 결론을 생각하도록 유도하죠. 반면, 에세이는 작가가
직접 자신의 이야기를 전하면서, 하고자 하는 이야기를 좀 더 명료하
게 전달하는 장르입니다. 물론, 에세이라는 장르가 워낙 폭넓다 보니
꼭 그래야 한다고 단정할 수는 없죠. 그러나 일반적인 독자는 에세이
를 읽으면서 어떤 뚜렷한 메시지를 받길 원합니다.

가족과 공원을 산책한 이야기를 썼다고 해봅시다. 그냥 공원을
산책한 이야기로 끝난다면 단순한 일기가 됩니다. 반전과 재미가 있
는 이야기로 적어냈다면 일종의 소설에 가깝겠죠. 그런데 여기에서
'가족과 보내는 일상의 소중함' 같은 명료한 메시지를 잘 전달했다

면, 에세이로서 완성도를 갖춘 글이 됩니다. 그리고 한 편의 글에서 이런 역할은 '마지막 단락'이 해내는 경우가 많습니다.

마지막 단락은 글 전체의 일관성에서도 중요한 역할을 합니다. 그래서 글을 마무리할 때는 첫 단락에 무엇을 썼는지 돌아볼 필요가 있습니다. 대개 글을 써나가다 보면, 자기도 모르게 처음과 다른 이야기를 하고 있는 경우가 생깁니다. 흔히 '삼천포에 빠진다'고 하죠. 마지막 즈음에 이르러, 내 글이 어디로 왔는지 가늠해보고 '처음'으로 돌아가 어떤 이야기로 글을 시작했는지 확인한 후, 첫 단락의 테마를 마지막 단락에 잇는 방식은 유용한 전략입니다(학생 시절 배웠던 '수미상관'이라는 개념을 떠올려보면 좋습니다).

그러니 마무리가 유달리 어렵다면 내가 쓴 '첫 문장'으로 돌아가 봅시다. 마무리는 첫 문장 또는 첫 단락과 이어지는 이야기로 하는 게 중요합니다. 중간에 다른 이야기들을 하며 돌아왔더라도, 결국 처음 던진 화두와 이어지면 글의 얼개를 맞출 수 있습니다. 그러면서 내가 쓴 이야기들을 '하나의 화두'로 수렴시키는 것이죠.

예를 들어, 홀로 공원을 산책한 이야기를 썼다고 해봅시다. 글을 쓰다 보면 생각이 꼬리에 꼬리를 물고 이어질 수 있습니다. 어릴 적 어머니와 산책했던 순간이 떠오르고, 계절에 따라 달라진 공원을 바라보며 계절에 대한 상념에 젖기도 합니다. 공놀이를 하는 다른 가족을 보며 추억을 떠올리기도 하죠. 그러다가 글의 마지막 무렵에 왔다고 해봅시다. 이때 다시 처음으로 돌아가봅니다. 애초에 이 글은 가족과의 공원 산책이었죠. 그러면 집으로 돌아가는 이야기로 마지막 문단을 쓰며 산책의 의미를 고민해볼 수 있습니다. "산책이란 그저 걷는 일이 아니라 많은 기억을 통과하는 일이라는 걸 다시금 깨달았다"라는 식으로 말이죠. 이렇게 한 편의 글 안에서 '시작'과 '마무리'는 이어진다는 감각을 잊지 말길 바랍니다.

글쓰기의 최소 원칙 다섯 가지

마지막으로 글쓰기를 위한 최소 원칙을 알려드릴까 합니다. 실전 연습을 위해 지켜야 할 최소한의 규칙이라고 생각해주면 좋겠습니다. 우리가 아무리 매일 수영을 해도, 제대로 된 원칙과 기본이 없다면 그냥 개헤엄 이상을 익히긴 어렵습니다. 마찬가지로 꾸준히 글을 쓰는 것도 중요하지만, 제대로 하려면 기본 원칙을 지키는 게 좋습니다.

최소 원칙 1:
문단의 조합으로 쓰자

첫째로 지켜야 할 원칙은 한 편의 글을 '문장'의 조합이 아닌 '문단(단락)'의 조합으로 쓰는 것입니다. 많은 분이 글 한 편을 쓸 때, 한 문장을 쓰고 줄을 바꾸고 또 한 문장을 쓰고 줄을 바꾸는 식으로 씁니다. 특히, 온라인 커뮤니티나 SNS의 글들이 그렇죠. 그러나 제대로 글쓰기를 하겠다고 마음먹었다면 '단락'을 쓴다는 개념을 가져야 합니다. 천 자 기준으로 다섯 단락 내외의 글 한 편을 쓰겠다, 2천 자 기준 일고여덟 단락 내외로 쓰겠다는 식으로 전체적인 '모양새'를 갖춰보는 것입니다.

단락 쓰기 연습은 벽돌 쌓기와 같습니다. 눈이 오는 겨울날, 이글루를 만들어본 적 있나요? 저는 아이와 만들어봤습니다. 이글루는 그냥 눈을 쌓아서는 좀처럼 잘 지어지지 않습니다. 계속 단단한 얼음 벽돌을 만들어 얹어야 합니다. 글쓰기도 이와 같습니다. 단락이라는 하나하나의 벽돌을 쌓아 한 편의 글을 만드는 것이죠. 이것이 나의 글을 단단하게 쌓아올리는 초석이 됩니다.

최소 원칙 2:
문장을 '다'로 끝내자

두 번째 원칙은 모든 문장을 '다'로 끝내보는 것입니다. 이는 구어체에 익숙한 우리의 습관을 문어체로 바꾸는 연습이라고 할 수 있습니다. 막상 글을 써보면 모든 문장을 '다'로 마치는 게 쉽지 않다는 걸 느낄 겁니다. 우리는 일기장이나 SNS에서 습관적으로 '~ 했지', '~

그랬어', '~였나' 같은 다양한 어미를 구사합니다. 대부분 구어체, 즉 '말'에 가까운 문장들이죠. 그보다 다소 딱딱해 보이는 '다'로 모든 문장을 끝내는 연습을 하다 보면, 글쓰기에 쉽게 숙달될 수 있습니다.

최소 원칙 3:
완성도를 고민하자

세 번째는 앞에서 이야기한 글의 '시작'과 '마무리'를 고민하는 것입니다. 되는 대로 쓰기보다는 시작과 마무리가 있어서 완성도를 갖춘 '한 편'의 글을 짓는 노력이라고 볼 수 있습니다. 내가 쓴 글이 논리적으로 앞뒤가 맞는지, 시작과 끝이 이어지는지, 한 편에 하나의 메시지를 담아 잘 전달했는지를 찬찬히 살펴보는 것이죠. 쓸 때는 그냥 쓰더라도 다 쓰고 나서 다시 한번 읽어보면서 더 좋은 시작이나 마무리가 없을지 고민하는 습관은 글쓰기에 큰 도움이 됩니다.

최소 원칙 4:
꾸준히 쓰자

네 번째, 글쓰기 실력이 단시간에 올라가는 일이 아니라는 것을 알아야 합니다. 적어도 3~4년, 10년 이상은 꾸준히 쓴다고 마음먹는 게 좋습니다. 글은 꾸준히 쓰는 게 제일 중요합니다. 이 책에서 제시한 에세이 쓰기의 여러 방법론이나 앞에서의 원칙을 당장 적용하기 어렵다면, 꾸준히 쓰는 걸 최우선 목표로 두고 적용은 천천히 하는 것도 괜찮습니다.

요즘에는 AI를 활용하는 등 무엇이든 효율적으로 생산하는 데 빠져든 사람이 많습니다. 그러나 용기를 내어 내면에 있는 '나만의 이야기'를 끌어내 나아가는 과정에는 시간이 걸립니다. 시간을 들여 '나의 경험과 생각'을 담은 '나의 이야기'를 할 수 있는 사람이 되어가야 합니다.

최소 원칙 5:
계속 쓰기 위한 자기만의 방법을 찾자

마지막으로 꾸준히 쓰기 위한 여러 방안을 고민할 필요가 있습니다. 저는 글쓰기의 가장 큰 즐거움은 '연결'에 있다고 생각합니다. 내가 쓴 글을 누군가 즐겁게 읽어주고 반응을 보일 때만큼 기쁘고 고마운 일이 없죠. 그러니 글을 써서 혼자만 간직하기보다는 다른 누군가와 적극적으로 나눌 필요가 있습니다. 글쓰기 모임에 참석해 글을 돌려 읽거나 지인에게 글을 보여주거나 SNS에 공유해보는 것이죠.

실명으로 공유하기가 부끄럽다면, 익명이나 필명을 활용하는 방법도 있습니다. 저 또한 '정지우'라는 필명을 쓰고 있고, 그보다 더 오랫동안 사람들에게 알려져 있지 않은 제 블로그에 글을 쓰고 공유했었습니다. 내가 쓴 글을 누군가에게 보여주고 반응을 들어보는 일은 글쓰기 실력을 향상시키는 데도 큰 역할을 합니다. 글쓰기가 '독자'와의 대화인 이상, 실제로 독자가 어떻게 읽었는지를 직접 듣는 일은 아주 중요한 피드백이 됩니다.

자, 그럼 글쓰기를 위한 가장 기본적인 이야기들은 충분히 전한 것 같습니다. 지금부터는 독자 여러분이 직접 글을 써볼 겁니다. 제가 준비한 여러 소재가 있습니다. 만약, 직접 글쓰기가 어렵다면 제시한 글을 가볍게 필사하는 것으로 시작해도 좋습니다. 여기 실린 글 중 제가 직접 쓴 것도 있지만, 저와 함께했던 글쓰기 모임원분들의 글도 있습니다. 제가 앞에서 알려드린 원칙들을 담고자 애쓰며 한 땀 한 땀 쓰고 퇴고하며 완성한 글들이죠. 여러분도 이런 글들을 따라 써보기도 하면서 본인만의 글을 찾아가보길 바라겠습니다.

2부

소재 가이드와
직접 써보기

2부에서는 실제로 글을 쓸 수 있는 페이지를 마련했습니다. 여러 소재로 글을 쓰면서 글쓰기가 일상이 되는 경험을 해보길 바랍니다. 큰 범주의 소재들(생활, 사물, 사건, 공간, 시간, 사람, 감정)에 하나씩 접근하면서 글을 쓰다 보면 어렵지 않게 한 편 한 편 완성하고 있는 자신을 발견하게 될 것입니다. 각 소재마다 제가 쓴 글을 소개하고 '사물' 파트부터는 저와 함께 글쓰기 모임을 했던 분들의 글도 소개합니다. 글쓰기가 부담스럽다면, 여기에 담긴 글을 필사해도 좋습니다. 그러다 보면 글쓰기의 흐름이 마음을 흔들면서 내가 쓰고 싶은 이야기가 자연스럽게 떠오를 수 있습니다. 글쓰기 가이드를 따라 한 권을 빼곡히 채우고 나면 어느덧 여러분도 '쓰는 사람'이 되어 있을 겁니다.

<table>
<tr><td>1</td><td>생활:
산책, 육아, 요리</td></tr>
</table>

글쓰기 강의에서 가장 자주 받는 질문 중 하나는 '소재'를 어디서 찾느냐는 것입니다. 저는 SNS 등에 거의 매일 글을 써서 올리기 때문에 많은 분이 궁금해하죠. 그렇게 매일 쓸 게 있냐, 소재가 그렇게 마르지 않냐 하고 말이죠. 그럴 때 저는 오늘 하루 혹은 지난 일주일을 먼저 돌아보자고 말합니다.

가만히 내가 한 일들을 생각해봅시다. 직장인이라면 출퇴근을 했을 테고, 동료와 점심을 먹었을 겁니다. 집에 돌아와서 좋아하는 드라마를 봤거나, 주말에는 산책을 하고 모임에 나갔을 수도 있겠죠. 요리가 취미인 분도 있을 겁니다.

이 모든 게 소재입니다. 가령, '산책'을 소재로 삼는다면, 곰곰이 삶을 돌이켜보면서 인상 깊었던 산책이 있나 생각해봅니다. 연인과

거닐었던 캠퍼스라든지, 부모님의 손을 잡고 걸었던 동네 공원, 중요한 시험이나 일을 끝낸 후 속 시원하게 숨을 쉬며 홀로 걸었던 뒷산이 생각날 수도 있습니다. 떠올랐다면, 그 기억을 찬찬히 써봅시다.

저는 거의 매일 생활에 관해 씁니다. 육아에 대한 일상 등 사랑하는 사람과의 일상 기록은 특히 더 값진 데가 있죠. 매일 쓰는 것 자체로 소중한 앨범이 되니까요. 10년 뒤, 20년 뒤에 열어본다면 그만큼 값진 보물도 없을 겁니다. 독서, 운동, 요리 등 취미에 대해서도 쓰곤 합니다. 아무래도 나의 가장 가까운 일상이니 만큼, 부담 없이 쓰기 좋습니다.

우선 제가 쓴 글 세 편을 소개해드립니다. '산책', '요리', '육아'에 관한 글입니다. 가볍게 따라 써도 좋고, 읽고 나서 떠오르는 본인만의 이야기를 써도 좋습니다. 세 가지 소재로 이야기를 찬찬히 다 써본 뒤에는 추가로 제안하는 '직업', '모임'에 대한 글도 써보면 어떨까 합니다.

산책[*]

결혼해도 좋겠다는 생각이 처음 든 건 동네를 산책하던 어느 저녁이었다. 가로등이 점점이 들어오고 가게 안에서 떠들고 있는 사람들의 소음이 들려오며 선선한 공기가 부는데, 이 사람과 함께라면 이 저녁의 느낌을 평생토록 간직할 수 있겠다고 생각했다. 결혼 전에도, 후에도 다투는 일은 종종 있었다. 그때마다 산책을 하면 금세 괜찮아졌다. 함께 산책을 했는데도 나아지지 않았던 적은 거의 기억나지 않는다.

함께 걷는 모든 순간이 좋았다. '모든'이라는 표현이 과장일지 모르지만, 그 어떤 순간들을 나열해놓고 비교해도 걷는 순간에 견줄 만한 것이 없었다. 함께 걸으면 매일 걷는 동네도 언제나 여행이 됐다. 거리를 걷는 각기 다른 사람들, 아이를 데리고 나온 가족, 동네 고양이, 연인과 아이들. 그 모든 게 달라 보였다. 지금도 여전하다. 매일 걷는 길인데 함께 걸으면 그 길은 달라진다. 저녁마다의 산책은 매일의 여행이 된다.

혼자 걸었던 무수한 날을 기억한다. 저녁이 될 때면 갑자기 마음이 초라

---

* 이 글은 '텔링' 위주로 쓰인 '관념적 에세이'다. 중간중간 묘사(쇼잉)를 넣어 생동감을 주고자 했다.

해져 도망치듯 거리에서 벗어나 집으로 돌아오곤 하던 날들. 이따금은 혼자 거리로 나서곤 했다. 그러면 치유되는 느낌이 드는 시간도 있었지만, 홀로 걸었던 그 어떤 순간도 함께 걸었던 때에는 미치지 못한다. 아내는 함께 걷는 것만으로도 여행이 되게 해주는 사람이었다.

사람들은 여러 이유로 반려자를 택한다. 말이 잘 통하는 사람, 친절한 사람, 외모가 수려한 사람, 사회적 능력이 뛰어난 사람. 나는 '함께 산책하고 싶은' 사람이었다. 그러면 아내에게 나는 어떤 사람일까? 물어보니 '말이 잘 통하는 사람'이었다. 아마 이런 부분은 각자에게 필요한 어떤 면을 겨냥하고 있을 것이다. 나는 함께 걷길 원했고 아내는 함께 알고 싶어 했을 것이다.

사랑하는 자는 목표물을 놓치지 않는 명사수처럼, 자신의 삶이 정확히 어디를 향해야 하는지를 알게 된다. 사랑이 지시하는 길만을 따라가는 자는 틀릴 수 없다. 그 삶이 '틀리게' 되는 것은 길을 보는 법도, 걷는 법도 잃어버렸을 때 온다. '정확한 사랑'이란 사랑하는 사람과 함께여야만 닿을 수 있는 세계에 대한 믿음과 집착이다.

혼자서도 갈 수 있는 세계를 굳이 둘이 같이 갈 필요는 없다. 내가 아는 '혼자'의 삶은 읽고 쓰는 일이 있는 세계였다. 그러나 '둘'의 세계는 주로 함께 걷는 삶이다. 둘의 세계에서는 둘에 어울리는 삶을 살아야 한다. 나는 그렇게 걷는 삶에 들어섰다.

육아*

아이가 울 것 같은 표정으로 내 방에 들어왔다. 울음이 터지기 직전이라는 걸 한눈에 알아보고 "왜 그래?" 하고 다급히 물었다. 아이는 울음을 터뜨리며 "물방개가……" 하고 말했다. 아이랑 함께 물방개가 있는 어항에 갔다. "물방개가 없어졌어"라며 아이가 울었다.

어제 우리 집에 물방개가 세 마리 들어왔다. 아이가 몇 달 전부터 간절히 기다리던 순간이었다. 수족관에 가기 전부터 "심장이 엄청 빠르게 뛰어"라면서 설렘을 감추지 못했다. 엘리베이터를 타고 물방개가 있는 곳으로 올라가며 설렘, 기대, 초조함에 두근두근거리는 게 보였다.

아이는 물방개를 데려와서도 어쩔 줄 몰라 할 정도로 좋아했다. 자꾸 꺼내서 만져봤고 그 앞을 떠나지 못했다. 아이는 들뜬 상태로 콩콩 뛰어 다니기도 했다. 물방개를 좋아하는 마음이 비눗방울처럼 집을 가득 채웠다. 그러다 아이가 찾아와서 엉엉 울었던 것이다.

어항에서 물방개를 꺼내 놀다가 한 마리가 떨어졌고 이내 사라져버렸다.

* 이 글은 '쇼잉' 위주로 쓰인 '에피소드형 에세이'다. 마무리 부분에서 에피소드의 의미를 서술하며 관념적인 부분을 더했다.

아이는 만감이 교차했을 것이다. 물방개를 떨어트려서 죽었으면 어쩌나, 스트레스를 받아 죽으면 어쩌나, 영영 찾지 못하면 어쩌나. 사랑으로부터 오는 죄책감과 공포, 후회에 진퇴양난에 빠진 듯했다.

조심스럽게 진열장을 들어 옮겼다. 물방개가 뒤집혀 버둥거리고 있었다. 아이에게 빨리 물방개를 어항에 넣어주라고 했다. 아이는 물방개를 어항에 넣어주고는 안방에 있는 엄마한테 달려가 한참을 울었다. 사랑하는 존재를 자기 잘못으로 잃을까 봐 어지간히 가슴이 철렁한 모양이었다.

아이는 잠들기 전에 종종 엄마한테 "엄마를 너무 사랑하는데, 더 어떻게 해야 할지 모르겠어"라는 말을 한다고 한다. 엄마 말을 잘 듣고, 사랑한다는 표현을 더 잘하고 싶은데, 그게 잘 안 돼 속상해하는 것 같았다. 이런저런 이유로 혼나기도 하고, 자기의 더 깊은 마음이 원하는 대로 잘 되지 않는 순간이 많은 모양이다. 어리다는 건 그렇다. 아직 느리고 부족하다. 사랑의 표현도, 뜻대로 되지 않는 행동도 그렇다. 어른들도 마찬가지다. 나도 그런 순간들을 매일같이 만난다.

사랑에 관해 연습하고 고민할 수 있는 존재가 곁에 있어서 고맙다. 이런 존재와 함께 살고 있다는 것이 참으로 감사하다. 나 혼자 덩그러니 있는 삶이 아니라, 이런 존재와 함께 있어서 다행이다. 물방개를 좋아하는 마음을 곁에서 함께 누리는 것이 삶에 얼마나 잠깐 주어지는 특권인가 생각한다. 이 시절은 머지않아 끝날 것이다. 그렇지만 나는 이 일을 잊히지 않는 동화처럼 기억할 것이다. 네 손을 잡고 두근거리는 마음으로 물방개를 데려오던 겨울을, 작은 생명을 너무나 사랑해서 엉엉 울던 마음을.

요리[*]

요즘 요리를 전담하면서, 내가 왜 요리를 좋아하는지 생각해봤다. 가장 큰 이유는 요리가 '마음을 받는 행위'이기 때문이 아닐까 싶다. 요리를 해주면 마음을 돌려받는다. "맛있는 거 해줘서 고마워.", "너무 맛있어서 행복해.", "건강하게 먹어서 좋아." 일상에서 이런 마음을 받기 가장 쉬운 게 '요리'인 듯하다.

많은 사람은 타인으로부터 이와 비슷한 마음을 받고 싶어 한다. "당신이 있어 다행이야", "당신 덕분에 행복해", "당신이 있어줘서 고마워"처럼 말이다. 이 마음을 받는 걸 싫어하는 사람은 없다. 다만, 어떻게 해야 받을 수 있는지 모르고, 그래서 대개 마음을 받는 일을 어렵고 귀찮게 느낄 뿐이다.

요리는 마음을 받는 가장 할 만한 일 중 하나다. 몇 가지 재료를 구매해서 손질하고, 씻어내고, 푹 찌거나 삶거나 굽고, 짠맛과 단맛을 조절해 만들어낸 것들을 예쁜 그릇에 담아 올리면 다들 음식 앞에서 '고맙고 기쁜' 마음이 된다. 타인이 차려준 음식에서 그런 마음을 전혀 느끼지 못하고 길가에 놓인 돌멩이 보듯 구는 사람도 있겠지만, 적어도 내 세계에는 없다.

<hr>

[*]　이 글은 '텔링' 위주로 쓰인 '관념적 에세이'다. 중간중간 구체적인 사례를 들어 생동감을 주고자 했다.

혼자 있으면 도저히 요리할 마음이 들지 않는다. 전자레인지나 끓는 물로 2분 내에 조리 가능한 인스턴트 음식을 택하게 된다. 그러나 먹어줄 사람이 한 명이라도 있으면(주로 아내나 아이) 요리를 하고 싶어진다. 먹는 사람은 좀 귀찮을 수 있지만, 나는 꼭 '맛있냐'고 물어본다. '맛있다'는 이야기를 들으면 그렇게 기분이 좋다. 요즘 아이는 외식하기 싫어한다. 아빠가 해주는 집밥이 최고로 맛있다고 말해준다.

그래서인지 몰라도 아이는 통통하게 살도 오르고 있다. 나는 매 끼니 아이에게 단백질과 식이섬유를 먹인다. 아이가 싫어하는 야채들도 요리 볶고 저리 찌고 양념을 해서 좋아하게 만든다. 단백질도 고기와 생선 등으로 끼니마다 다르게 준다. 아내는 "여보가 요리한 뒤로 확실히 건강해진 것 같긴 하다"고 말한다.

조금만 애써서 고마운 마음을 받는 것은 삶의 여러 영역에 적용 가능하다. 사람들을 만나 작은 선물을 주고, 무리하지 않는 선에서 돕거나 기여할 일을 찾아서 하다 보면, 쉽게 '마음 모으기'를 실천할 수 있다. 그러면 건강한 음식을 먹듯 나의 마음도, 삶도 조금은 더 건강해지는 느낌이 든다. 다람쥐가 도토리를 모으듯, 마음을 모으며 산다는 것은 꽤나 즐거운 일이다.

**글쓰기를 위한 가이드를 제시하니,
둘 중 하나의 추가 소재를 골라 직접 글을 써봅시다.**

직업

첫 문장 예시

"내가 지금의 직업을 택한 이유는 ○○ 때문이었다."

내용 시작 예시

내가 지금의 직업을 택한 이유는 삶의 불안정 때문이었다. 당시 나는
작가로 살아가고 있었는데, 작가의 삶은 벌이와 소속, 미래 등 모든 면에서
불안을 씻어내기 힘들었다.

모임

첫 문장 예시

"삶에서 가장 기억에 남는 모임은 ○○ 모임이다."

내용 시작 예시

삶에서 가장 기억에 남는 모임은 내가 처음 이끌었던 독서 모임이다.
그럴 수밖에 없는 게 그 모임에서 지금의 아내를 만났기 때문이다.

2

사물:
나뭇잎, 사진, 연필

추가 소재 (커피) (스마트폰)

글쓰기 소재가 떠오르지 않으면, 주변을 한번 둘러봅시다. 주변에 있는 모든 것이 소재입니다. 지금 제가 글을 쓰고 있는 카페에는 화분이 있습니다. 다들 화분에 얽힌 에피소드가 하나쯤은 있을 겁니다. 저는 어릴 적 키우던 나팔꽃이 단번에 떠오르네요.

저희 집에서는 봄마다 화분에 나팔꽃을 한가득 심었습니다. 나팔꽃은 여름내 블라인드를 타고 올라가 베란다 한쪽 면을 가득 메웠죠. 아이를 키우는 입장이 되자 요즘 들어 그 시절이 종종 생각닙니다. 다른 것보다 그렇게 자란 나팔꽃이 지고 나서 모든 잎과 줄기를 치웠을 부모님 생각이 납니다. 어릴 땐 그 수고를 몰랐습니다. 그저 신기하게 나팔꽃이 피고 지는 걸 바라봤죠. 사실 거기엔 부모님의 고생과 사랑이 있었습니다.

어떤가요? 여러분도 다들 어느 소재에서든 이야기는 하나씩 갖고 있을 겁니다. 지금은 짧게 한 단락을 썼지만, 디테일을 더하다 보면 글 한 편 쓰는 건 어렵지 않습니다. 의자에 얽힌 에피소드는 어떤가요? 저는 유독 등받이 쿠션에 집착하는 편인데, 그런 자기만의 강박이나 습관에 대해서도 써볼 수 있습니다. 세상 모든 게 글쓰기 소재입니다. 필요한 건 '마음먹는 일'뿐입니다. 쓰겠다고 마음먹으면 세상에 있는 모든 사물이 눈에 들어올 겁니다.

사물에 대해 쓸 땐, 가만히 그 사물에 얽힌 나의 이야기들을 떠올려보세요. 어린 시절부터 지금에 이르기까지 여러 생각이 스멀스멀 피어오르는 게 느껴질 겁니다. 그중 하나를 골라봅시다. 그리고 왜 하필 그 이야기를 골랐는지, 내게 어떤 의미가 있는지, 독자에게 어떤 재미나 감동을 전할 수 있을지 고민해봅시다. 그런 다음 과감히 쓰기 시작합시다. 이제 여러분은 이 세상에 있는 무수한 사물만큼이나 마르지 않는 소재의 샘물을 얻은 것입니다.

나뭇잎:
행복은 시절마다 떨어지는 나뭇잎처럼*

그해 가을, 내가 가장 좋아한 길은 아이의 어린이집 하원길이었다. 수험 생활의 마지막 해에 코로나가 터지고 온라인으로 수업을 하면서, 나는 로스쿨을 떠나 서울에서 가족과 함께 시간을 보냈다. 로스쿨이 지방에 있었기 때문에 우리 가족은 잠시 떨어져 살고 있었는데, 코로나로 인해 그해 가을 동안만 서울의 집으로 돌아와 공부를 할 수 있었다.

어느 시험이든 목전에 오면 누구나 긴장과 초조로 하루하루를 보내게 된다. 나 또한 다르지 않았지만, 그래도 아이의 하원은 내가 책임지고 있었다. 그것은 과중한 부담이라기보다는 하루 중 나에게 잠시 주어지는 치유의 시간에 가까웠다. 어린이집으로 달려가 아이를 만나 부둥켜안고는 매번 같은 길로 돌아왔다. 아이 몸통만 한 플라타너스 잎이 가득 떨어진 그 길의 낙엽 밟는 소리, 햇빛, 단풍의 색깔, 선선한 바람 하나하나가 모두 참으로 좋았다.

우리는 종종 예쁜 플라타너스 나뭇잎을 하나씩 주워서 돌아오곤 했다. 아이는 그것을 날개처럼 흔들거나 부채처럼 부치기도 했다. 나는 그 짧은 시

---

* 이 글은 '쇼잉' 위주로 쓰인 '에피소드형 에세이'다. 마무리 부분은 에피소드의 의미에 관해 여운을 주는 방식을 택했다.

간의 바람과 여유, 온기가 너무나 좋아서 조금 느리게 걷거나 길을 약간 돌아서 집으로 가곤 했다. 그렇게 집에 도착해 조금 기다리다 보면 아내가 돌아왔고, 아내랑 인사한 이후에는 또다시 공부하러 방에 들어갔다.

아내는 종종 그때의 내가 가장 행복해 보였다고 말하곤 한다. 하루 종일 절실히 공부만 하던 시절이었기에, 아주 잠깐의 여유만으로도 세상에서 가장 행복한 사람처럼 보였다는 것이다. 함께 저녁 먹는 시간, 잠깐 나들이를 갔다 오는 시간, 한 달에 한 번쯤 같이 영화를 보는 시간 등 짧은 여유 속에서 내가 너무도 쉽게 행복해했다고 한다.

그 시절의 길은 여전히 우리 동네 한편에 있지만, 참 이상하게도 다시 그 길을 잘 걷지도 않고 그때만큼의 행복감을 느끼지도 못한다. 그때와 같은 행복은 느끼기 어려워졌고 길의 느낌도, 행복의 종류도 달라졌다. 나뭇잎 하나를 주워 그 시절을 소환해보려고 해도 그때의 마음이 고스란히 돌아오진 않는다. 행복은 시절마다 머물렀다 떠나간다. 행복은 완벽한 조건을 갖춘 어느 곳에 있는 게 아니라, 매 시절 떨어지는 나뭇잎처럼 거기 있다.

사진 *

어린아이를 안고 있는 아내의 사진에는 어딘지 그리운 느낌이 있다. 그건 아내뿐만 아니라 어린 나를 안고 있는 젊은 시절의 아버지, 그리고 갓난아이인 동생을 안고 있는 어머니의 모습에서도 느껴진다. 대개 그런 사진 속의 젊은 어머니나 아버지는 웃고 있고 아이는 찡그리고 있으며 바람이 불고 있다. 모든 사랑을 주었을 시간, 세상의 모든 정성과 희생을 다했을 시간, 몸과 마음을 다해 어린 생명을 보호하고 지키고자 했을 시간이 몇 장의 사진으로만 남아 있다. 그런 사진을 보면 이유 모를 그리움과 숭고함, 슬픔, 그리고 아름다움이 뒤섞인 복잡한 감정을 느낀다.

보호하고, 지켜내고, 걱정하고, 눈물 흘리고, 전전긍긍하고, 보살피고 또 그 존재로 인해 웃는 일은 무엇으로도 대체할 수 없는 경험이다. 그런 시절은 다른 어떤 때보다 더욱 절절한 데가 있다. 아픈 아이를 부여잡고 기도하는 부모보다 절실한 사람은 없다. 아이가 웃고, 행복하길 바라는 소망은 그 어떤 희망과 기대보다 더 진실할 것이다. 그처럼 마음을 다한 간절함으로 보내는

---

* 이 글은 '텔링' 위주로 쓰인 '관념적 에세이'다. 중간중간 묘사(쇼잉)를 넣어 생동감을 주고자 했다.

시절보다 더 진정한 시간은 없을지도 모른다.

아이를 안고 있는 부모의 사진은 항상 그때를 떠나보내고 절실한 연대가 흩어질 것을 예견하고 있다. 그렇게 아이를 안은 부모는 어느 순간 삶의 핵심에 들어섰다가 그 시절로부터 서서히 물러난다. 파도가 밀려왔다가 다시 밀려가듯이 확실하게 한 시절이 오고 간다.

손끝에 잡힐 듯하고 두 손에서 넘쳐날 듯한 사랑이 어느덧 새어나가는 그런 때가 올 것이다. 상실은 확실히 예정되어 있다. 언젠가 보게 될 아이의 뒷모습, 그 위로 겹쳐질 우리 가족의 지나간 추억들, 그뿐만 아니라 어린 시절의 나를 바라보던 부모님까지. 이 모든 연결은 파도처럼 각자의 삶에 가까이 다가왔다가 멀어진다. 삶이란 상실들을 흙처럼 모아 물을 뿌리고 다진 후 땅을 만들어 그 위에 서서 버텨내는 것이다. 비가 오면 언젠가는 우르르 무너져버리기도 할 그런 땅을 겨우 만들며 살아가는 것이다.

언젠가 그런 사진 한 장조차 이 땅에 남지 않아 아무도 우리 이야기를 기억하지 못하는 그런 날도 올 것이다. 모든 사진이 불에 태워지고, 삭제되고, 매립장에 묻혀 이 시절이 하나도 남지 않을 그런 날도 오게 될 것이다. 그래도 우리가 사랑했다는 사실, 한 방울도 남아나지 않을 만큼 마음을 쥐어짜서 함께 있는 공간을 사랑으로 온통 채워넣은 나날들이 있었다는 사실만큼은 지구의 어느 기록 저장소에 남아 있을 것이다. 그런 모든 것을 품어내는 신의 호주머니가 이 우주 어딘가에 있다고 믿는 것도 제법 위안이 되는 일이다.

연필

이명옥

(※ 글쓰기 멤버십 참여자분의 글입니다)

초등학교에 들어가면서 연필 쓸 일이 많아져 언니와 오빠가 내게 연필 깎는 법을 가르쳐줬다. 내 필통에는 늘 연필과 지우개, 그리고 접이식 도루코칼이 있었다. 처음에는 삐뚤삐뚤 울퉁불퉁 못생기게 깎았지만, 익숙해지자 엄지 손가락으로 칼을 쓱쓱 밀어 빠른 속도로 연필을 돌려가며 깎을 수 있었다. 연필이 짧아지면 뒷부분을 조금 깎아내 모나미 볼펜대에 끼워넣었다. 너무 많이도, 너무 조금도 안 된다. 꽉 끼게 넣으려면 조금씩 깎은 후에 밀어넣는 것을 반복해야 한다.

기차모양 연필깎이를 가진 아이들이 좀 부럽기도 했지만, '나는 칼로 연필을 잘 깎는 아이'라고 나름 스스로 자부했다. 무엇보다 연필깎이로 깎은 연필을 쓰는 아이들보다 글씨도 더 잘 썼다. 연필깎이로 깎은 연필은 심의 두께가 일정했지만, 나는 내가 원하는 굵기만큼 칼로 심을 다듬을 수 있었다. 그리고 경필쓰기 장의 칸에 꽉 채워 글씨를 반듯하게 쓰는 연습을 했다. 그래서 연필이 닿는 내 오른쪽 가운데 손가락에는 늘 굳은살이 있었다.

궁핍하게 자란 건 아니지만 풍족한 편도 아니었다. 좋은 옷을 사 입거나 가방을 살 정도의 형편은 안 됐기에 나는 늘 필기구를 사는 것으로 허영심을 채우곤 했다. 특히, 부드럽고 섬세하게 써지는 일제 볼펜을 좋아했다. 다른

데는 아껴도 내 손에 맞는 필기구 사는 것에는 돈을 아끼지 않았다. 나는 가늘게 써지는 펜이 좋았다. 글씨를 깨알처럼 쓰는 것을 좋아했기 때문이다. 건축학과에서나 사용하는 제법 값이 나가는 제도용 펜도 샀다.

다른 아이들은 별로 신경 쓰지 않고, 잘해도 누군가의 시기를 사지 않는 일, 노력 외에는 크게 비용이 들지 않는 일. 바로 연필로 글씨를 쓰는 일이었다. 고학년이 되어 아이들이 샤프를 쓸 때도 나는 연필을 고집했다. 글씨를 잘 쓰려면 연필로 연습해야 한다는 선생님의 말씀 때문이었다. 연필로 연습한 글씨는 어떤 펜을 써도 볼펜똥이 묻어나지 않는 깔끔한 글씨체로 다시 태어났다.

초등학생 때부터 지금까지 글을 써야 할 일이 많았다. 일기를 쓰고, 편지를 쓰고, 필기를 하며 공부를 했다. 그렇게 뭔가를 쓸 때마다 내 글씨가 좋았다. 잘 쓴 글씨를 보고 있으면 왠지 모르게 뿌듯했다.

예쁘게 글씨를 쓰는 내가 좋다. 글씨 쓰는 일에서 만큼은 남들보다 조금 빼어난 실력을 보이고 싶다. 다른 사람은 몰라도 나는 알고 있다. 그것이 나의 결핍에서 키워온 자부심이라는 것을.

**글쓰기를 위한 가이드를 제시하니,
둘 중 하나의 추가 소재를 골라 직접 글을 써봅시다.**

커피

첫 문장 예시

"내가 카페에서 가장 자주 주문하는 커피는 ○○다."

내용 시작 예시

내가 카페에서 가장 자주 주문하는 커피는 아메리카노다. 이런 취향을 갖게 된 건 얼마 되지 않았다. 한때만 하더라도 나는 항상 그 카페에서 가장 '달달한' 메뉴를 시키곤 했다.

스마트폰

첫 문장 예시

**"요즘은 지하철에서도, 거리에서도 모든 사람이
스마트폰을 들여다보고 있다."**

내용 시작 예시

요즘은 지하철에서도, 거리에서도 모든 사람이 스마트폰을 들여다보고 있다. 지하철에서 사람들과 눈을 마주친 게 언제인지 기억나지 않는다. 심지어 가족들이 마주 앉아 밥을 먹어도 각자 스마트폰을 들여다보고 있는 풍경을 쉽게 볼 수 있다.

3

사건:
이별, 합격, 결혼

추가 소재 (첫사랑) (죽음)

　　삶은 사건의 연속입니다. 그중에는 아주 중요한 사건도 있고 지나고 나면 기억조차 나지 않는 일도 있죠. 가령, 결혼이나 사랑하는 사람과의 이별 등은 인생에서 좀처럼 잊히지 않는 사건입니다. 그 밖에도 취업과 커리어, 여러 중요한 인연이나 인생을 바꾼 사건 사고가 있을 겁니다. 이런 사건들을 쓴다는 건 참으로 중요한 일이 아닐 수 없습니다.

　　삶에 일어난 여러 사건은 분명 우리에게 영향을 미치지만, 그 영향을 제대로 이해하지 못하는 경우도 많습니다. 친구와의 절교가 나의 성격, 인생, 다른 관계에 미치는 영향에 대해 나 자신도 모를 때가 있죠. 그럴 때는 차분하게 당시의 감정, 그 사건이 일어난 이유, 또 그로 인해 내 마음이 어떻게 변했는지 돌아볼 필요가 있습니다. 글쓰기는 그런 과정을 찬찬히 되짚는 최고의 도구입니다.

아마 많은 분이 어릴 적 중요했던 이별이나 상처, 사랑이나 우정에 관해 진지하게 써본 적은 거의 드물 겁니다. 한번 그 시절을 곰곰이 돌이켜보면서 당시의 내 마음을 짚어가며 글을 써보면 어떨까 싶습니다. 우리는 그렇게 나의 '삶'이라는 거대한 이야기를 이해할 수 있습니다.

이별 :
산과 바다, 강이 있던 시절[*]

내 삶에는 네 마리의 강아지가 있었고, 그들과 모두 이별했다. 먼저 한 마리가 왔고, 그 강아지가 낳은 세 마리의 강아지가 함께 왔다. 그들은 모두 내게 왔다가 하나씩 떠났고, 그렇게 나의 한 시절이 끝났다.

첫 강아지 하니가 왔을 때가 생각난다. 집에 왔는데 꼬질꼬질한 작은 강아지 한 마리가 있었다. 길을 잃어 경비실에서 잠시 맡고 있는 걸 어머니와 여동생이 데려왔다고 했다. 치와와를 닮은 믹스견 하니는 그렇게 우리와 삶을 시작했다. 열너덧 살 무렵이었다.

하니는 아침마다 내 방문을 긁어댔고, 어머니가 문을 열어주면 내게 달려들어 얼굴을 정신없이 핥아댔다. 나는 그런 아침이 만화나 드라마 같다고 생각했다. 내게도 반갑다며 핥아서 깨우는 강아지가 생겼다니, 약간 환상적이었다. 나와 여동생은 하니를 무척 사랑해 어디나 데리고 다녔고, 하니가 좋아하는 산책을 매일같이 나갔다.

[*] 이 글은 '쇼잉' 위주로 쓰인 '에피소드형 에세이'다. 여러 에피소드가 결합된 형태를 취하고 있고, 마무리 부분은 전체 에피소드의 의미에 관해 여운을 주는 방식으로 다루고자 했다.

어느 날부터 하니의 배가 불러왔다. 우리는 하니가 밥을 너무 많이 먹어서 그런가 보다 하고 약간 구박도 했는데, 알고 보니 임신한 것이었다. 옆집 강아지와 함께 경비실에 잠깐 맡긴 적이 있었는데, 그때 일이 벌어진 것이다. 그렇게 산, 바다, 강이 우리 곁에 왔다.

당시에는 집에서 새끼들이 태어나면 주위에 분양해주는 게 당연한 수순이었다. 그러나 우리는 그러지 못했다. 눈도 뜨지 못한 손바닥만 한 강아지들에게 손가락으로 우유를 찍어 먹이며 키웠고, 세 자매가 커가는 몇 개월을 온전히 함께해버린 이상 정을 떼기 어려웠다. 그 시절, 산과 바다와 강은 내 모든 것이었다.

성인이 되고 서울로 대학을 갔지만, 지방에 있는 집에 한 달에 한 번씩 갔던 것도 강아지들이 그리워서였다. 특히, 나는 바다를 사랑했다. 바다의 영민함이 좋았다. 가장 씩씩하고 똑똑했다. 집에 가면 강아지와 있는 시간이 아까워서 밖에 나가지도 않았다. 종일 바다랑 붙어서 책 읽고, 영화 보고, 놀고, 자는 것이 세상 제일의 행복이었다.

그렇게 나의 한 시절을 가득 채운 바다가 가장 먼저 떠났다. 시험 공부를 하고 있던 어느 날, 바다가 죽었다는 소식을 들었다. 나는 도저히 그 사실을 받아들일 수 없어서 자리에 주저앉아 엉엉 울고 말았다. 역에서 가족들을 붙잡고도 울었다. 그 봄은 온통 눈물로 가득했다. 그리고 강, 하니, 산이 몇 년에 걸쳐 내 곁을 떠났다. 마지막으로 산이 죽었을 때, 나는 내 삶의 무언가가 끝났다는 걸 깨달았다. 그때 내 품에는 갓난아이가 안겨 있었다.

합격 *

변호사 수험 생활이 끝난 마지막 날, 책을 쌓아봤는데 천장까지 닿았다. 수험생에게는 흔한 풍경이겠지만, 당사자가 되어 보니 고시생으로서의 애환이 절절히 느껴졌다. 과목당 수천 페이지. 다 합치면 어언 만 페이지가 넘는 종이더미를 넘기고 이해하며 암기하던 나날이 주마등처럼 스쳐갔다.

서른이 넘어 처음으로 법학의 영역에 들어섰을 때 단어 하나하나가 외국어 같았다. 한 줄 한 줄 버거운 내용을 이해해가는 과정은 달을 탐사하는 것과 비슷했다. 적응하는 게 쉽지 않았지만, 2~3년이 지나자 나름대로 법적 지식을 적어내고, 사고하고, 스터디원들과 토론도 할 수 있게 됐다. 그런 여정에는 감격스러운 데가 있었다.

공부도 공부였지만, 나를 둘러싼 외적인 상황도 쉽지만은 않았다. 학비를 벌면서 공부해야 했던 건 차라리 나았다. 첫 학년에 아이가 태어났고, 나는 응급실과 병실, 산후조리원에서도 법전을 넘기고 있었다. 아이가 누 시간에 한 번씩 깨는 신생아 시절에 새벽 육아는 내 몫이었다. 어차피 못 잘 거 새벽

내내 공부하다가 아이가 깰 때마다 분유를 먹였다. 그때 찍은 사진의 상당수는 아이를 안고 공부하던 장면이다. 공부하는 내 무릎에 누워 잠든 아이, 문제집을 푸는 내 등에 올라탄 아이, 책상 위에서 내 책에 낙서하는 아이. 방학 때 하루 정도 나들이를 갈 때도 책을 들고 다녔다. 해변, 공원, 차, 호텔방, 푸드코트에서도 항상 종이를 들고 있었다.

변호사 시험이 끝나고 며칠을 펑펑 울었다. 아이에게 미안해서였다. 하루라도 온전히 놀아준 날이 없던 것 같았다. 항상 중압감과 초조감과 불안감에 시달리며 아이와 놀이터를 갈 때도, 동네 식당에 가서 음식이 나올 때까지도 책장을 넘기고 있던 나날이 아쉬워서 울었다. 지난해, 아내가 복직해 서울로 간 후 아이랑 매일 둘이서 잠들던 몇 달은 더 힘겹고 미안했다. 주말마다 부산까지 오는 아내에게도 미안했고, 아침마다 아이를 어린이집에 보낼 때도 미안했다.

특히, 마지막 몇 달은 홀로 지내면서 인간적인 감정, 가족에 대한 그리움마저 지워가며 공부에 몰두했다. 참 쉽지 않았다. 그 시간을 견딜 수 있었던 건 가족과 주변 사람들의 응원 덕분이었지만, 함께 공부했던 이들의 도움이 컸다. 그 시절을 보내면서 사람의 중요성을 크게 느꼈다. 혼자였다면 해내지 못했을 것이다. 서로를 격려하고, 도와주고, 챙겨주고, 걱정해주고, 다독여주고, 고민하고, 공부했던 사람들의 소중함을 어느 때보다 크게 알았다.

그 시절을 보내면서 깨달았다. 사랑의 가치를, 살아낸다는 것의 절실함을, 그 가운데에서 손을 잡고 나아가는 사람의 일에 관해 아주 깊이 배웠다.

117

결혼

김도윤

(※ 글쓰기 멤버십 참여자분의 글입니다)

10년 전, 처음으로 남자친구의 가족을 만나러 아일랜드를 방문한 어느 여름날이었다. 그는 멋진 풍경을 볼 수 있는 곳으로 드라이브를 가자고 했고, 우리는 울퉁불퉁한 산길을 지나 탁 트인 들판에 도착했다. 부슬부슬 내리는 빗속에서 양떼의 울음소리마저 운치 있게 들리던 그때, 그는 나에게 청혼을 했다. 결혼을 전제로 만나고 있었기에 청혼이야 언제든 받을 것이라고 생각했지만, 알 수 없는 감정이 차올라 살짝 어지러웠다.

우리는 가족 모임이 예정되어 있던 큰누님 댁으로 향했다. 처음 만나는 아일랜드 사람들 사이에 껴서 어색함을 느끼며 곁눈질로 남자친구를 찾았다. 정원에서 시가 상자를 든 남자친구를 발견했다. 그는 형제들에게 담배를 권했는데, 그들이 탄성을 지르며 남자친구를 껴안아 축하 인사를 전했다. 집안에서 이를 지켜보던 가족들이 나를 안아주며 약혼을 축하해줬다.

집안이 축제 분위기로 가득할 때 누군가 나를 주방으로 불렀다. 그는 나에게 아이리시커피를 마셔본 적이 있는지 물었고, 친절하게 방법을 찬찬히 설명하며 커피를 만들어줬다. 손잡이가 달린 잔을 꺼내 따뜻하게 데우고 티스푼으로 흑설탕을 가득 퍼 두 숟가락을 넣었다. 그리고 블랙커피를 3분의 2 정도 따른 뒤 제임슨 위스키를 적당히 넣었다. 그 다음 숟가락 뒷면을 이용해

120

생크림을 블랙커피 위에 정갈하게 담았는데, 크림이 마치 폭신한 구름 같았다. 보기에도, 마시기에도 좋은 아름다운 커피였다.

"조금씩 마셔요. 위스키가 들어 있는 커피는 처음이니 조금씩 천천히."

제일 먼저 부드러운 크림 맛이 느껴졌고, 달달한 블랙커피의 맛이 감돌 때쯤 강렬한 위스키 향이 입안을 강타했다. 처음 맛보는 아이리시커피의 진한 맛과 살면서 처음 경험하는 감정에 다시 살짝 어지러워졌다.

"위스키가 들어간 커피라니."

아이리시커피가 꼭 우리의 만남처럼 느껴져 웃음이 나왔다. 낯선 두 가지 맛이 조합된 커피처럼 우리의 만남도 낯선 두 문화와 두 개의 인생이 예상치 않게 만나 이뤄진 조합이었다. 오늘 마신 커피는 우리의 미래가 조화를 이루면 꽤나 괜찮은 삶을 일궈낼 수 있을 것이라는 축복 같았다.

10년이 지난 지금, 우리의 결혼 생활은 정말 아이리시커피 같다. 나와 남편은 가끔 진한 커피와 위스키처럼 각자의 향과 맛을 버리지 않으려 고집을 부리고 쓰디쓴 감정을 드러내 서로를 할퀼 때가 있었다. 재미있게도 그럴 때마다 아이가 달콤한 크림처럼 나와 남편을 감싸안으며 쓴맛을 중화시켜 대개 다툼 따위는 시작도 하지 못한 채 끝나버리는 경우가 많았다.

낯선 나라에서의 결혼 생활이 늘 행복했다고 말할 수는 없다. 예상치 못한 일에 당황하고, 긴 겨울 해질녘마다 찾아오는 그리움은 늘 향수병을 불러왔다. 그때마다 청혼을 받던 그날, 남편의 가족들이 나에게 보여준 따뜻한 환대를 떠올리며 위로와 위안을 되새기면서 낯설고도 새로운 삶을 관조하며 살아내고 있다.

**글쓰기를 위한 가이드를 제시하니,
둘 중 하나의 추가 소재를 골라 직접 글을 써봅시다.**

첫 문장 예시

"삶에서 처음 사랑을 인지한 것은 ○○ 때였다."

내용 시작 예시

삶에서 처음 사랑을 인지한 것은 중학생 시절 병아리를 키웠을 때였다.
내 두 손 안에 들어온 이 작은 생명에 대한 감정을 무어라 해야 좋을지
알 수 없었는데, 문득 '사랑'이라는 단어가 떠올랐다. 나는 이 작은 생명을
사랑하게 될 것을 알았다.

첫 문장 예시

"내게는 죽음에 대한 잊을 수 없는 기억이 있다."

내용 시작 예시

내게는 죽음에 대한 잊을 수 없는 기억이 있다. 그때는 내가 너무도 사랑한
강아지 '바다'가 세상을 떠난 봄이었다.

공간:
방, 마을, 바다

추가 소재 (기차역) (학교)

우리는 공간에서 살아갑니다. 지금 이 글을 읽고 있는 분들도 저마다의 공간에 속해 있겠죠. 누군가는 자신의 방에, 누군가는 모르는 사람이 가득한 카페에, 누군가는 어딘가로 향하는 지하철이나 기차 안에 있을 겁니다. 공간은 삶과 떼려야 뗄 수 없는 것이어서, 우리는 언제나 공간 속에 기억을 담고 공간과 깊은 관계를 맺습니다.

그래서 소설가 중에는 이야기를 구상할 때 '공간'부터 생각한나고 하는 경우도 많습니다. 일단 사건이 일어날 공간이 떠오르고 나면, 인물이 생각나면서 이야기가 진행된다는 것이죠. 우리도 특정한 공간을 떠올리면, 그 속에 있던 여러 기억이 스멀스멀 피어오르는 걸 느끼게 됩니다.

예를 들어, '학교'라고 하면 생각나는 공간이 각자 다를 겁니다. 누군가는 초등학교 3학년 2반 교실을, 누군가는 대학교의 계단식 강의실을 떠올릴 겁니다. 생각나는 친구나 사람도 있을 테고, 당시 느꼈던 감정이나 중요한 생각들도 기억나겠죠. 공간의 느낌과 의미를 그렇게 천천히 짚어볼 수 있습니다.

공간을 떠올리는 건 글쓰기의 수많은 계기를 마련합니다. 자연스레 그 공간에 얽힌 이야기들이 생각나기 때문이죠. 글쓰기가 막막할 때, 내게 인상적으로 남아 있는 공간을 떠올려보면 좋습니다. 그러면 한 편의 글을 쓰는 데 부족함 없는 이야기들이 피어오를 겁니다.

방[*]

영화 〈레옹〉에서 가장 기억에 남는 건 마틸다와 레옹이 작은 방에서 둘만의 패션쇼를 펼치는 장면이었다. 영화는 청부 살인업자인 레옹이 살해당할 위기에 처한 소녀 마틸다를 구해주면서 시작된다. 마틸다에게 레옹은 구원이었고, 평생 살인 기계로 길러져 냉혹하게 살던 레옹에게 마틸다 또한 구원이었다. 영화 내내 죽음의 위기 속에서 서로를 지키려는 두 사람의 절절한 이야기가 펼쳐진다. 마틸다와 레옹이 패션쇼를 펼치는 장면은 그런 긴장이 잠시나마 풀어지는 소소하고도 드문 행복의 순간이다.

〈레옹〉 이외의 다른 영화를 볼 때도 그런 소소한 일상의 순간들이 내게 깊이 스며들곤 했다. 대단한 사건, 광대한 풍경, 특별한 관계 같은 것보다 일상을 포착하는 순간이 마음에 남곤 했다. 수만 명의 관객도, 거창한 감동도, 거대한 의미 부여도 없는, 그래서 고요하면서도 그 고요에 관해 아는 이라곤 서로밖에 없는 순간이 스쳐갈 때면, 오래도록 그 장면에서 벗어나지 못했다.

어쩌면 그런 순간에서 삶의 진실 같은 것을 엿보았기 때문일지도 모른다.

---

[*] 이 글은 '텔링' 위주로 쓰인 '관념적 에세이'다. 영화의 구체적인 장면으로 시작하고, 중간중간 세세한 사례를 들어 생동감을 주고자 했다.

아무도 눈여겨볼 리 없는 둘만의 산책, 역사 속에 한 줄 새겨질 가치도 없는 작은 방 안에서 요리하는 모습, 타인의 시선 속에서 위대해지고 거창해지는 무대가 아니라, 그 자체로 완성되어버린 다락방에서의 자장가 부르는 시간. 오직 그들만을 위해 마련되어 그들을 위해 시작하고 그들로 인해 끝맺는 그들만의 연극이 있는, 그들만의 무대. 나는 그런 장면들을 사랑했다.

생각해보면, 내가 삶에서 진실로 좋아했던 것도 동생과 놀던 책상 아래, 베란다에 펼친 우산 아래에 깔아둔 돗자리, 어머니의 반지하 화실, 새끼 강아지들을 젖 먹이던 가을의 다락방, 홀로 글을 쓰던 자취방, 사랑하는 여자와 깔깔거리며 다 먹은 멜론 껍데기를 머리에 뒤집어쓰고 놀던 방, 다른 사람들은 관심도 없던 연못에서 새우를 발견하고 즐거워하던 그런 풍경이었다. 타인에 의해 만들어진 것들보다는 우리의 고유성과 능동성으로만 존재할 수 있는 순간들을 나는 진심으로 아껴왔다.

물론, 우리는 우리의 고유성으로만 살 수는 없다. 때론 세상의 풍경 아래서 있을 때도 있다. 세상이 마련한 크고 작은 이벤트나 축제 속에서 모두와 함께 누리는 행복도 있다. 그러나 역시 내가 더 많이 만들고, 누리고, 지키고 싶은 것은 '우리만의 방'과 같은 풍경이다. 삶에 하나의 의무가 있다면, 우리만의 행복이 있는 그 작고 사적인 시간과 공간을 인공섬처럼 만들어내는 일이라 느낀다.

마을 *

따뜻한 세상에서 따뜻한 사람들과 따뜻한 마음으로 살고 싶다. 프랜차이즈 커피숍과 편의점 하나 정도는 있고 평생 너무 낙후될 일도, 시끄러울 일도, 딱히 땅값 오를 일도, 쫓겨날 일도 없는 바닷가 마을에 이층짜리 주택을 짓고 싶다. 이층 작은 방에서는 바다가 보이고 잘 가꿔진 마당에는 함께 산 지 5~6년쯤 된 코커스패니얼 한 마리가 짖어대면 좋겠다. 선선한 늦봄이나 초가을에는 마당에 모기향을 피워두고 맥주를 마시며 시끄럽지 않게 떠들고 싶다.

마당을 나서면 골목골목이 펼쳐지고 5분 정도 더 걸으면 잔잔한 바다가 나타났으면 좋겠다. 바닷가로 내려가면 작은 게들이 내 그림자를 피해 바위 사이로 숨고, 이따금 튀는 파도의 물거품에 뺨을 한 대씩 맞으며 5분 정도 걸으면 해수욕장이 나타났으면 좋겠다. 성수기에도 사람이 많지 않은 해수욕장에서 부채질하며 수박을 먹던 할머니들이 "어이 젊은 아빠, 이리 와서 하나 먹어" 하고 나눠주면 좋겠다. "어이쿠, 감사합니다" 하고 받아들면 "아이 키운다고 고생 많지? 벌써 다 컸더만. 아주 지 애비를 똑 닮았어" 하며 깔깔 웃어

---

* 이 글은 '쇼잉' 위주로 쓰인 글이지만, 전체가 순수한 상상으로 이뤄져 있다. 드문 형태의 에세이지만, 원할 때는 이처럼 자유롭게 상상하는 글을 써보는 것도 나쁘지 않다.

주면 좋겠다.

아이가 골목 사이사이와 해변을 뛰어놀고 온 동네가 아이를 키워주고 돌봐줬으면 좋겠다. 세상이 스머프 마을 같은 곳이어서 아이가 곳곳에 있는 따뜻한 사람들이 나눠주는 정과 사랑, 배려를 만끽하며 자랐으면 좋겠다. 가끔은 골목대장도 해보고, 가끔은 한 대 쥐어터져서 돌아왔으면 좋겠다. 눈에 시퍼런 멍이 든 아이를 보고 속상해서 때린 녀석 찾으러 간다고 씩씩대며 길을 나서다가, 바다 위로 지는 노을과 시원한 저녁 바람에 기분이 다 풀려버려서는 발길을 돌려 치킨이나 한 마리 사서 집으로 돌아가면 좋겠다.

집에 돌아가서는 밤늦게까지 글을 쓰고, 잘 안 풀리면 아내랑 아이 몰래 마당에 나가 담배를 피우면서 강아지의 머리를 쓰다듬다가 머리가 '번뜩' 뜨이며 다음 문장이 머릿속을 지나가면, 흥분해서 방으로 뛰쳐올라가 타자기를 두드려대면 좋겠다. 그러다 새벽이 밝아오면, 부스스한 머리의 아내가 일어나서 "아직도 안 자고 있었냐"면서 "오늘 동물원 가기로 한 거 알지?" 하면, 아차 싶어서 부랴부랴 마무리한 다음 함께 떠났는데, 결국 나는 고릴라가 보이는 벤치에 앉아서 졸고, 아이는 옆에서 "아빠, 자지 마"라면서 칭얼대고, 아내는 내 허벅지를 꼬집으며 아이스 아메리카노나 입에 물려주면 좋겠다. 돌아가는 길에는 어쩔 수 없이 아내가 운전하고, 나는 뒷좌석에서 아이랑 둘이 뒤엉켜 코를 골며 잠들면 좋겠다. 그냥 그렇게 영원히, 그 한산한 바닷가 마을에서 살면 좋겠다.

바다

구경희

(※ 글쓰기 멤버십 참여자분의 글입니다)

수업 중에 휴대폰 진동이 울렸다. 동생이었다. 먼저 전화하는 법이 없는 동생의 연락에 불길한 예감이 들었다. 학생들에게 양해를 구하고 전화를 받았다.

"누나야, 엄마가……."

40대 중반인 동생이 한낮에 전화를 걸어 울어댔다. 동생 근처에 살고 계신 엄마에게 무슨 일이 생긴 것이고, 어쩌면 돌이킬 수 없는 일일지도 모른다는 생각이 머릿속을 폭풍처럼 훑고 지나갔다. 나는 "왜! 왜!" 하고 소리쳤다.

'엄마가 살아만, 살아만 있게 해주세요.' 엄마만 살아계시면 어떤 상황도 감수하겠다고 빌었다. 기도가 아니라 빌었다.

"누나야, 며칠 전에 압력솥이 터져서 엄마가 크게 화상을 입었는데 우리가 알면 엄마 죽겠다고 하면서 이모한테 말도 못하게 하고 입원 중이란다. 나도 지금 알고 병원 가고 있다. 얼굴이랑 팔에…… 3도란다."

3도 화상은 피부가 녹아내려서 엉덩이나 허벅지에서 피부를 떼어 붙이는 수술을 해야 하거나, 심지어 어떤 시술을 해도 완전한 회복이 어려울 수 있는 아주 심각한 상태였다.

순간 우주를 떠도는 듯 정신과 몸이 허공으로 날아갔고 눈물이 터져버렸다. 눈물 속에는 3도 화상이든 뭐든 살아계시다는 안도감이 섞여 있었다. 오늘 수업은 보강을 하기로 하고 바로 울산으로 달려갔다. 이모와 동생은 엄마를 보고 놀라지 말라며 당부했다.

병실에 도착했는데 엄마를 찾을 수가 없었다. 유난히 하얀 피부가 돋보이던 우리 엄마는 어디 가고 초콜릿색 딱지와 진물 범벅인 목소리만 엄마인 환자가 내 이름을 불렀다. 엄마는 딱지가 다 벗겨지면 더 예쁘게 돌아올 거라며 나를 안심시켰다. 뭘 더 예뻐지려 그러냐고 핀잔을 줬지만 화상을 입지 않은 엄마의 한쪽 손을 꼭 쥐고 덜덜 떨고 있었다. 의사에게 흉이 남지 않는 방법을 물었다. 말이 울음 속에 뭉개져서 띄엄띄엄 튀어나왔다. 의사는 화상 밴드를 쓰면 그나마 흉이 덜 남지만, 보험 적용이 안 되고 치료비가 비싸다고 말했다. 나는 백 장 천 장을 붙여서라도 낫게 해달라고 사정했다.

엄마랑 목욕을 갈 때마다 얼굴과 팔을 살핀다. 한 장에 8만 원인 작은 화상 밴드를 매일 상처 전체에 붙여 치료하느라 수천만 원이 들었지만, 다행히 엄마의 고운 얼굴은 온전히 남을 수 있었다. 팔은 시기를 놓쳐 흉이 많이 졌는데, 그 흉이 얼굴이었다고 생각하면 몸뚱이가 활활 타오르는 기분이 든다.

엄마는 나에게 태평양 같은 넓은 바다다. 열 살 때 아빠가 사고로 돌아가신 후로 동생과 나를 번듯하게 키우기 위해 모든 것을 내어줬고 어떤 상황에서도 다시 일어설 수 있는 용기 있는 피를 물려준 사람이다. 이미 오래전에 어른이 됐지만, 나는 여전히 크고 작은 파도가 되어 엄마라는 바다를 뒤흔들곤 했다. 집을 사거나 이혼 등 삶의 큰 고민을 털어놓을 때마다 엄마는 크고 따뜻한 손으로 나를 지켜줬다. 엄마의 화상 소식을 들었던 날, 비로소 나도 엄마에게 작은 바다가 되었다.

**글쓰기를 위한 가이드를 제시하니,
둘 중 하나의 추가 소재를 골라 직접 글을 써봅시다.**

첫 문장 예시

"그날 기차역의 차가웠던 공기가 생생히 기억난다."

내용 시작 예시

그날 기차역의 차가웠던 공기가 생생히 기억난다. 나는 옷깃을 여미며
기차에서 내렸다. 하얗게 뿜어져 나오는 입김 사이로 역명이 보였다.
1년 만에 돌아온 서울역이었다.

첫 문장 예시

"나에게 ○○학교는 ○○이었다."

내용 시작 예시

나에게 대학교는 무한한 지성을 품은 곳이었다. 처음 대학교에
들어섰을 때, 그곳에 있는 수많은 강의와 도서관의 책은 나에게
하나의 '세계' 같았다. 나는 그 세계를 부지런히 탐구해야 할
일종의 탐험가와 같은 마음이 들었다.

시간:
청년기, 황금기, 봄

추가 소재 (새벽) (유년기)

'나'에 대한 글을 쓴다는 건 기본적으로 과거를 쓰는 일입니다. 우리는 '지나간' 일만 쓸 수 있죠. 물론 아직 오지 않은 미래도 쓸 수 있겠지만, 미래를 상상해서 쓰는 일은 제한적입니다. 대부분의 글은 과거의 나, 어제 했던 생각, 오늘 낮에 일어났던 일처럼 지금 시점에서 어쨌든 '과거'가 된 일로 이뤄져 있습니다.

글을 쓸 때 여러 사물이나 공간을 생각해볼 수도 있겠지만, 찬찬히 지나간 시간을 돌아보는 방법이 실은 가장 본질적입니다. 특정 시점만 잘 생각해도 그 시간에 얽혀 있는 나의 이야기들이 드러나죠. 당장 '어린 시절'만 떠올려봐도 각기 다른 기억들이 있을 겁니다. 저는 가장 먼저 책상 밑에서 레고 놀이를 하며 보냈던 오후가 생각나네요.

삶의 유년기나 청년기 등 특정 시기가 내게 남긴 의미도 생각해 볼 수 있습니다. 내 어린 시절은 지금의 나를 어떻게 만들었을까요? 그 시절의 상처, 희망, 응원 같은 것이 지금의 내 삶을 이루고 있을 겁니다. 청년기 시절 꿈꾸던 것들, 당시 지녔던 의지 같은 것들이 지금의 나를 만들고 있겠죠. 그런 것들을 써본다는 건 나를 알아가는 데도 매우 중요한 일입니다.

더불어 소중한 계절의 기억들이나 하루 중에서도 아침, 밤, 새벽처럼 시간으로 나뉘는 시점에서 가장 먼저 떠오르는 이야기를 써보는 것도 좋습니다. 각각의 시간에는 기쁨과 슬픔 등이 서려 있고, 많은 추억과 마음이 남아 있습니다. 시간에 기대어 당신만의 글을 짓는 일을 이어가보길 바랍니다.

청년기[*]

오늘은 청년 시절이 얼마나 아름답고, 그립고, 부러운 것인지 이야기해보고 싶다. 홀로 초라한 자취방에 있던 나날 중 뜨거운 여름이 왔을 때 창밖으로 쏟아지던 비를 얼마나 사랑했는지, 새벽에 눈밭을 걷다 돌아와 핫초코를 마시면서 해가 뜰 때까지 기다리며 밤을 새우던 겨울이 얼마나 아름다웠는지, 지평선 어디쯤에서 나를 부르던 세상은 얼마나 찬란했는지를 기억해보고 싶다.

그 시절에는 비가 쏟아지면 비가 불러오는 감정, 빗속을 뚫고 전해오는 구름 너머에 대한 상상이 가장 중요했다. 그런 것에 집중할 수 있는 시절이 얼마나 소중한지 그땐 몰랐다. 의무, 책임, 강박 같은 것에 사로잡혀 있기보다는, 그저 오늘의 날씨와 계절이 가장 중요했던 시절이었다. 그렇게 세상을 온통 들이마셔 흠뻑 젖을 수 있던 때가 얼마나 값진 것이었는지 이제는 알 것 같다.

햇빛이 좋은 어느 날, 새로운 일이 일어날지 모른다는 생각에 마음 단단히 먹고 홀로 시내로 나서 영화를 보고 하염없이 걷기도 했다. 그러나 결국 아무 일도 일어나지 않았다. 외로움만 확인하고 돌아온 저녁, 저물어가는 하루

---

[*]　이 글은 '텔링' 위주로 쓰인 '관념적 에세이'다. 중간중간 묘사(쇼잉)를 넣어 생동감을 주고자 했다.

속에서 느꼈던 불안이나 위태로움조차 있는 그대로 받아들이고 사랑했다. 그런 나날이 삶에서 얼마나 드물게 주어지는 것이었는지 지나고 나서야 알았다. 그때는 그 시절이 영원할 줄 알았지만, 삶에 영원한 것은 없다. 그 시절에 좋아한 것은 대개 그 시절에 끝나게 된다.

내 방과 도서관 책장에 가득히 꽂혀 있던 책이 불러들이던 끝도 없을 것 같던 세계의 느낌이 얼마나 고유한 것이었는지도 알게 된다. 더 이상 책들은 내게 그때만큼의 신비로운 감회를 불러오지 않는다. 여전히 책을 좋아하는 것과 책 너머의 어마어마한 세계가 불러오는 신비를 동경하는 것은 다른 차원의 문제다. 청년 시절의 특권은 세상을 신비롭게 느낄 수 있는 능력과 권리였다. 확실히 그 시절에는 내 안에 거대한 무언가가 있었다. 나는 거기에 이끌려 삶을 내던질 준비가 되어 있었다.

이제 와서 그 나날을 돌아보면서 무엇을 잘했다든지 못했다든지 하는 건 별 의미가 없어 보인다. 그때는 그저 넘쳐나는 감각들에 휘둘리면서 그때만의 충만함을 누렸고, 그것으로 그 시절은 종료됐다. 나는 이제 다른 곳으로 왔고 이곳을 이곳대로 사랑하는 방법을 익혀가고 있다. 또 언젠가는 이 나날들을 그리워하며 부러워하고 있을 것이다. 삶이란 그렇게 먼 미래로 떠나가면서 희망을 좇고 열정을 불태우는 것 같지만, 어쩌면 부지런히 그리워하고 부러워할 과거들을 쌓아가는 과정일지도 모른다.

149

황금기[*]

어린 시절의 왁자지껄함이 생각난다. 엄마와 아빠, 이모와 이모부도 모두 젊었던 날들. 사촌들을 만나면 내내 놀 생각뿐이었다. 노는 것 외에는 아무것도 하지 않았다. 레고를 만든 다음에는 나가서 축구를 하고, 그 다음에는 게임을 하자. 밤이 새도록 잠도 자지 말고 거실에 다 같이 앉아 카드놀이를 하자. 그렇게 끝나지 않을 것 같은 시간을 보내고 나면 헤어지는 걸 도무지 받아들일 수 없어 펑펑 울었다.

내가 지금 살아가는 힘이 그 시절 삶을 사랑했던 시간에 뿌리내리고 있다는 걸 깨달을 때가 있다. 밤새 놀았던 어린 날들, 삶을 너무 사랑해서 어쩔 줄 몰라 했던 날들이 내 삶의 뿌리가 됐다. 힘겨움이나 허무함이 밀려올 때면 그 시절의 이야기가 내 삶을 버티게 한다는 걸 느끼곤 한다. 삶은 텅 빈 허무가 아니다. 내게는 소중한 기억이 있다.

우리가 놀고 있으면 어른들은 어디론가 나갔다 오곤 했다. 오랜만에 맥주도 마시고, 노래방도 갔다 오는 듯했다. 그때 어른들의 나이가 꼭 지금의 내

---

[*] 이 글은 '텔링' 위주로 쓰인 '관념적 에세이'다. 중간중간 묘사(쇼잉)를 넣어 생동감을 주고자 했다.

나이와 같다. 그렇구나. 내 어린 시절, 내 인생의 황금기. 세상에서 가장 행복한 밤들이 있던 그때 나의 어른들 역시 황금기를 보내고 있었겠구나 생각한다. 그러니 지금이 나의 황금기구나 하고 말이다.

내가 어릴 적 바라봤던 그 어른들은 은퇴하기도 했고, 큰 수술을 하기도 했으며, 세상을 떠나기도 했다. 내가 어른이 된 만큼 나의 어른들 역시 세월을 따라 흘러갔다. 그래서 생각하는 건, 이 시절을 참 소중히 해야겠구나 하는 것이다. 값진 시기다. 놀기 좋아서 깔깔대는 아이가 있고, 젊은 마음으로 꿈을 품고 어디로든 나설 수 있고, 새로운 시도나 모험을 할 수 있고, 부서지거나 망가지더라도 일어날 수 있는 시절. 이 시절의 힘을 사랑해야 한다.

바다를 보면 있는 힘껏 수영하고, 아이가 달려오면 있는 힘껏 안아주고, 사랑할 기회가 있다면 역시 있는 힘껏 사랑해야 한다. 하고 싶은 일이 있다면 더 늦기 전에 해봐야 한다. 너무 위험한 일이 아니라면 해볼 수 있는 일들을 시도할 날이 얼마 남지 않았다. 이 시절 역시 저무는 시간이 올 테니, 그때는 후회 없이 작별을 고해야 할 것이다. 생이 저물어갈 때 어떤 마음일지는 모르겠지만, 내가 저 어린 날을 떠올릴 때처럼 그토록 원 없이 내게 주어진 하루들을 사랑했노라고 믿을 수 있었으면 좋겠다.

봄

이미란

(※ 글쓰기 멤버십 참여자분의 글입니다)

봄은 스스로 예쁘다고 끊임없이 혼잣말을 하는 계절이다. 봄동산, 봄나물, 봄나들이, 봄바람, 봄비, 봄꽃. 다른 계절은 두 글자인데 혼자만 선택받은 한 글자를 쓰며 어떤 단어와 만나도 생기를 돋우는 특별한 접두사가 된다.

봄이 지닌 여러 미덕 중 으뜸은 릴레이하듯 피는 꽃의 향연이다. 길어지는 해를 머금고 영근 꽃봉오리들이 찬란한 햇살 아래 연달아 피면서 대지는 생명으로 가득 찬다. 봄꽃 릴레이의 첫 번째 주자는 산수유다. 봄기운을 전하는 전령傳令 역할을 하기 위해 산수유는 잎도 나기 전에 봄햇살 같은 노란 꽃을 피운다. 산수유의 뒤를 잇는 꽃은 목련이다. 목련은 외투를 걸치고 몸을 풀다가 경기 직전에 탄탄하게 단련된 신체를 드러내는 육상선수 같다. 목련은 털이 보송보송한 겨울옷을 입고 있다가 하룻밤 사이에 툭 터지며 청아하도록 매끈한 속살을 드러내 사람들의 탄성을 자아낸다.

봄꽃 릴레이의 세 번째 주자는 에이스 벚꽃이다. 벚꽃의 활약은 남달라서 기상청은 이 꽃의 움직임을 지역별, 일자별로 살펴 전해준다. 경찰도 벚꽃 명소 주변을 통제하느라 벌처럼 분주해진다. 해마다 마주하는 황홀한 설렘은 결코 식상해지는 법이 없으며 예방주사처럼 꽃비를 흠뻑 맞아 남은 계절을 버티게 만든다. 낙화를 재촉할 봄비 소식을 전하는 기상캐스터는 사람들의 허탈한 마음을 읽은 것처럼 한껏 아쉬움을 머금고 날씨를 전한다. 마지막 주자는 라일락이다. 노래 〈보랏빛 향기〉의 작사가가 라일락을 보고 노래 제목을 떠올리지 않았을까 상상해본다. 여린 연보랏빛의 라일락은 밤하늘의 은하수가 나무 위에 잠시 내려앉은 것처럼 찬연하게 봄을 밝힌다. 하트를 닮은 잎과 함께 봄바람이나 봄비에도 떨어지지 않고 그윽한 향기를 전하며 얼마 남지 않은 봄에 서로를 더 많이 사랑하라고 권한다.

더 이상 꽃이 피지 않는 계절에 종종 뜻밖의 장소에서 꽃의 릴레이를 보며 승화된 봄을 느끼곤 한다. 지하철에서 실버 택배로 꽃바구니를 배송하는 어르신들을 마주할 때다. 실버 택배는 무임승차 혜택을 받는 만 65세 이상 어르신들이 지하철 등으로 택배를 운송하는 일이다. 이용자는 외부 충격에 예민하고 당일 전달이 필요한 물품을 저렴하게 배송할 수 있고, 어르신들은 교통비가 들지 않아 노동의 대가를 조금 더 얻을 수 있다.

젊어진다는 의미의 '회춘回春'에는 봄이 돌아온다는 뜻이 담겨 있다. 지하철에서 천천히 꽃을 들고 이동하는 어르신들을 볼 때마다 '회춘'이라는 단어가 장면으로 직접 구현되는 것만 같다. 계단을 오르내리며 몸을 움직이고, 주소를 찾기 위해 지도를 살피는 모습은 봄의 덕목인 생명력을 몸소 보여준다. 그 조심스러운 생명력으로 하는 일이 다름 아닌 꽃을 전하는 것이니 덕분에 꽃의 릴레이가 계속된다. 힐끔힐끔 바라보는 시선에 축하 사절이 될 꽃들은 더욱 보란 듯이 해사하게 피어나고 사람들의 얼굴에도 꽃 같은 미소가 번진다. 내가 받을 꽃이 아님에도 그 생기에 나도 잠시 봄에 젖어본다. 그렇게 꽃들의 릴레이 덕분에 우리 곁에는 항상 봄이 돌고 또 돈다.

**글쓰기를 위한 가이드를 제시하니,
둘 중 하나의 추가 소재를 골라 직접 글을 써봅시다.**

첫 문장 예시

"갑자기 잠에서 깬 건 아직 해가 뜨지 않은 새벽이었다."

내용 시작 예시

갑자기 잠에서 깬 건 아직 해가 뜨지 않은 새벽이었다. 집 밖에서는
정체 모를 시끄러운 소리가 들려왔다. 나는 커튼을 열었다.
눈앞에서는 반대편 집이 불타고 있었다.

첫 문장 예시

"지금도 잊히지 않는 어린 시절의 한순간이 있다."

내용 시작 예시

지금도 잊히지 않는 어린 시절의 한순간이 있다. 내 두 손 안에
작은 병아리를 처음으로 품었을 때였다. 이 따뜻하고 작은 존재가
살아 있다는 게 어쩐지 믿을 수 없었다.

6

사람:
할아버지, 형제자매, 엄마

추가 소재 (배우자) (직장 상사)

우리가 살아가면서 나누는 대화의 대부분은 '타인'에 대한 것이라는 연구가 있습니다. 연예인, 정치인, 셀럽, 직장 동료, 상사, 친구, 가족, 이웃 이야기 등 우리는 늘 타인에 대해 이야기하며 살아가죠. 이는 그만큼 '타인'이 우리에게 중요한 존재라는 걸 의미합니다. 우리는 늘 타인을 의식하며 타인에 관한 이야기를 하고 타인이 무엇을 하며 살아가는지 궁금해합니다. 나아가 타인이 우리 삶에 엄청난 영향을 미치기도 하죠.

그렇기에 '타인'에 대해 쓴다는 건 무척 당연한 일입니다. 내 성격이나 인생에 크고 작은 영향을 미친 가족, 친구, 스승 등에 관해 써보는 건 '나'라는 존재를 돌아보는 일이기도 합니다. 내게 상처를 준 사람 혹은 희망과 기쁨을 준 사람, 나아가 질투심 같은 여러 복잡한 감

정을 준 사람을 하나씩 떠올리다 보면 '내가 누구인지'도 조금씩 알
게 됩니다.

그런 점에서 사람에 대한 것은 비밀일기처럼 내밀한 이야기가 될
수도 있습니다. 세상에 공개하기엔 어쩐지 걱정도 되고 부끄럽기도
한 이야기가 될 수도 있죠. 하지만 내 안의 진실을 마주하는 일은 반
드시 필요합니다. 아직 세상에 내놓기 전의 내밀한 나의 이야기를 이
공간에 한번 풀어보면 어떨까 싶습니다. 그 속에는 우리가 해야만 했
지만, 미처 하지 못했던 이야기들이 분명 남아 있습니다.

할아버지*

"역시 나중은 없는 거였네."

여동생이 울면서 말했다. 여동생은 일주일 뒤에 할아버지를 만나러 가기로 약속했었다. 그런데 그날 아침, 왠지 할아버지가 보고 싶어 기차표를 검색하다가 '다음 주에 가기로 했으니까'라고 생각하며 어플을 껐다고 했다. 할아버지는 그날 돌아가셨다. 여동생은 사흘 내내 울었다. 할아버지가 여동생에게 너무 많은 사랑을 준 것 같아서 자꾸 눈물이 난다고 했다.

삶에 나중은 없다. 매일 결단해야 한다. 오늘 사랑하러 갈 것인가, 내일 떠나보낼 것인가. 나도 나이가 들수록 느낀다. 보고 싶은 사람은 오늘 봐야지 미루면 영원히 못 보게 된다. 오늘 결단하지 않으면 만날 수 없다. 삶은 사랑을 남긴다. 우리가 누군가에게 사랑을 주면 그 사랑은 그를 살아가게 한다.

할아버지는 첫 순간부터 할아버지였다. 지금의 나는 제법 어른이 됐다고 믿지만, 내가 처음 기억하는 ㄱ 존재가 되려면 아직 20·30년은 남았다. 할아버지는 집안의 가장 어른이었다. 내게도 그런 날이 올 것이다. 수많은 삶의 풍

<hr>

166

파를 경험하고 여러 죽음과 상실을 꿋꿋이 이겨내고 내가 사랑하는 존재들을 마지막까지 책임질 것이다.

할아버지는 자주 자신의 부모님이나 조부모님에 대해 말하며 한참 눈물을 쏟곤 했다. 돌아갈 수 없는 먼 고향 땅의 이야기와 꼬마에 불과했던 자신이 이렇게 많은 책임을 진 어른이 된 것을 믿을 수 없다며 본인의 어머니나 할아버지를 향해 말하곤 했다. 할아버지도 의지할 대상이 필요했을 것이다. 할아버지는 늘 할아버지의 할아버지를 떠올리며 이겨낼 힘을 달라고 했다.

"주눅들 때, 용기가 필요할 때, 자신감이 필요할 때 할아버지한테 받은 사랑을 생각해. 그럼 이겨낼 수 있을 거야. 너에게 그 마음을 남기려 하신 거야."

나는 여동생에게 말했다. 삶에는 용기가 필요한 순간이 너무도 많다. 주눅들거나 상처입고 도망치고 싶은 순간이 한둘이 아니다. 그럴 때 떠올릴 사람이 있어야 한다. 그리고 묻는 것이다. "내가 할 수 있을까요? 이 일을 하는 게 맞을까요? 나는 당신이 말한 좋은 사람일까요? 내가 이렇게 사는 게 옳을까요?" 그렇다고 말해줄 누군가를 마음에 품어야 한다.

성경에 나오는 이야기가 기억난다. 청년 시절이 모두 가기 전에, 인생에 아무 낙이 없다고 말하기 전에 신을 기억하라는 이야기다. 나중은 없다. 오늘 삶을 사랑하고 받은 사랑을 기억하며 사랑을 줘야 한다. 사랑이 없다면 삶은 아무것도 아니다.

형제자매(여동생)[*]

여동생과 여행을 떠난 적이 있다. 어느 겨울의 끝 무렵, 갑자기 한라산 정상이 보고 싶어졌다. 백두산 천지처럼 어릴 적부터 말로만 듣던 한라산 백록담이 떠올랐다. 사진으로는 셀 수 없이 봤던 그곳을 어째서 한 번도 가볼 생각을 하지 않았는지 의아했다. 나에게 그 겨울은 어떤 식으로든 성취가 필요했다. 줄곧 도전했던 공모전에서 줄줄이 낙방했고, 작가가 되겠다는 오랜 꿈은 사그라지고 있었다. 나를 짓누르는 권태와 무기력을 벗겨내고 싶었다. 당장 제주도로 떠나기로 했고 대학교에 입학한 지 얼마 안 된 동생이 따라나섰다.

비행기 표를 끊고 게스트하우스를 예약했다. 떠나는 일은 생각보다 간단했다. 마음먹은 그날 저녁, 우리는 제주시 한구석에 있는 게스트하우스에 도착해 있었다. 은은하게 불이 밝혀진 방에 자리를 잡았다. 동생은 자신이 좋아하는 노래인데, 나도 좋아할 거라며 틀어줬다. 따지고 보면 집에 있을 때와 크게 다를 건 없었다. 근사한 풍경이 보이는 것도, 이국적인 가구가 있는 것도 아니었다. 하지만 어째서인지 전혀 다른 세계로 들어선 느낌이 들었다. 동생은 침대에서, 나는 바닥에서 잤다. 낯선 땅의 아침이 밝자 우리는 부리나케 일어나 토스트에 계란 프라이 따위를 해 먹고 한라산으로 출발했다.

산은 온통 눈으로 뒤덮여 있었다. 우리는 남쪽 지방에서 자란 탓에 눈이 세상을 뒤덮은 걸 본 적이 거의 없었다. 그런데 그보다 더 남쪽인 제주도의 한라산은 순백의 세계였다. 아무 생각 없이 산을 오르려는데, 사람들이 모여 부지런히 신발에 무언가를 끼우고 있는 게 보였다. 그때 아이젠eisen의 존재를 처음 알았다. 아이젠은 얼음 위에서 미끄러지지 않도록 신발에 끼우는 금속 톱니 같은 것이다. 남들을 따라 구입해 장착하면서도 괜히 요란을 떤다고 생각했지만, 그 생각은 산에 들어서자마자 바뀌었다. 눈이 어마어마하게 쌓인 산 전체는 거대한 얼음 땅 그 자체였다. 우리는 땅을 밟고 산을 오른 게 아니라 얼음을 밟고 올랐다. 눈이 키보다 높이 쌓여 나무뿌리가 아니라 나무 꼭대기가 우리 옆에 나란히 있었다.

산행 중 만난 사람들은 대부분 중년 이상의 어른이었고 또래는 거의 우리밖에 없었다. 그중 자신은 지리산부터 설악산까지 거의 모든 유명한 산은 다 올랐는데, 남매가 등산하는 경우는 본 적이 없다며 놀라던 아저씨도 있었다. 당최 남매들은 다들 어디서 무얼 하는지 궁금했다. 그런데 지금 생각해보면, 어릴 적부터 사이좋다고 동네에 소문까지 났던 우리가 단둘이 여행한 건 그때가 유일했다.

출발하기 전에 동생한테 "방해하면 버리고 갈 거다"라고 으름장을 놓았는데, 막상 산에 오르자 동생은 "오빠야, 놔두고 간다"라면서 나를 놀려댔다. 눈이 한없이 반짝거리며 내리고 있었다. 눈 덮인 나무들을 옆에 끼고 얼음을

171

밟고 오르면서 전기난로 앞에 앉아 있던 전날의 내가 떠올랐다. 나를 짓누르고 있던 현실 같은 건 이미 온데간데없었다. 피부에 닿는 차가운 공기도, 땀에 젖은 축축한 내의도 새로웠다. 도시의 흔적은 오래전에 자취를 감췄고 보이는 것이라곤 끝도 없는 눈과 나무, 그리고 하늘뿐이었다.

우리는 겨우 제때 진달래대피소를 지나 정상까지 올랐다. 하지만 눈앞에 있는 건 사진으로 보던 아름다운 연못이 아니라, 희뿌연 안개와 구름이었다. 울타리만 넘어서면 백록담인데, 시야는 그 짧은 거리를 넘어가지 못했다. 우리는 한동안 서서 구름이 걷히길 기다렸지만, 별다른 기색이 없어 발길을 돌렸다. 하지만 이상하게도 조금도 실망스럽지 않았다. 백록담을 보겠다고 출발한 여행이었는데, 아쉽지 않은 건 무슨 이유였을까?

백록담을 꼭 두 눈으로 봐야 할 이유는 없었다. 설령 볼 수 있다 하더라도 사진이나 영상보다 그리 예쁘지도 않을 것이다. 내가 원했던 건 도시를 벗어나 '다른 세계'로 가는 일이었다. 나를 규정하고, 짓누르고, 재단하는 현실에서 잠시라도 빠져나오고 싶었다. 의무와 실패, 평가와 성취 따위로 엉켜 있는 세계가 아닌, 다른 세계의 감각을 느껴보고 싶었다. 눈으로 뒤덮인 하얀 세계를 마주했을 때, 그 소망은 이미 이뤄졌다.

어릴 적, 요정들이 살고 있는 겨울 산을 자주 떠올리곤 했다. 첩첩산중으로 이어진 하얀 세계를 보니 반짝이는 작은 별들이 그 위를 돌아다닐 것 같은 상상을 하게 되었다. 종종 동생과 함께했던 그 겨울이 어린 시절 꿈꾸던 세계라는 생각이 들 때가 있다. 말 없는 나무들이 생명을 간직한 채 웅크리고 있던 겨울의 산이 언제까지고 그곳에서 우리를 기다리고 있을 듯하다. 그럴 때면 이루 말할 수 없는 위안이 나를 휘감는다. 오랜 세월을 버텨온 겨울의 숲이 나의 오랜 기억들을 영원히 지켜줄 것 같다.

엄마

김글

(※ 글쓰기 멤버십 참여자분의 글입니다)

오로지 둘만 아는 순간들이 있다. 남편과 만난 지 세 번째 되던 날 밤 안개가 자욱했던 북악산 언저리에서 들은 빗소리, 숨소리, 우리 만나보자는 그의 말소리. 병상에 있던 엄마가 너만 먹으라며 검은 봉지에 담긴 체리를 건네던 모습. 아이와 내가 온몸을 휘감듯 껴안던 밤들. 죽을 때까지 기억할 너무나 행복한 순간의 대부분은 둘만의 기억이다.

아이를 키울 때도 둘만의 순간이 차고 넘친다. 아이와 나, 아이와 남편, 나와 남편. 둘만의 순간이 있다. 남편과 나는 기질이 전혀 달라서 딸아이에게는 엄마와 아빠랑 보낸 각기 다른 순간이 있을 것이다. 엄마와는 끌어안고 쓰다듬거나 뽀뽀하며 따뜻한 말을 나누는 시간이, 아빠와는 번쩍 들려 안기거나 달려가 매달리고 잡아먹겠다고 쫓고 쫓기는 장난스런 모습이 말이다.

엄마는 필연적으로 아빠보다 먼저 아이와 단둘만의 시간을 가진다. 그건 임신 테스트기에 뜬 두 줄에서부터 시작된다. 누구보다 먼저 아이의 존재를 알아채고 280일 내내 한 몸으로 생활하며 출산 후에는 몸을 짜내 먹이는 일로 아이의 생존을 책임지는 사람. 그 덕에 엄마는 아무것도 하지 않(은 것 같)아도 아이가 세상에서 가장 사랑하는 존재가 된다. 엄마 됨의 가장 큰 기쁨과 슬픔은 모두 여기에서 비롯된다.

생리 예정일을 며칠 앞두고 혹시나 싶어 임신 테스트기를 꺼냈다. 두 줄이었다. 나와 아이, 둘만의 순간이다. 첫째 아이 때는 두 줄을 보고 놀라기만 했지 기쁜 줄 몰랐는데, 이번에는 가만히 웃음이 났다. 테스트기를 한참 바라봤다. 아직 이 사실을 모르는 남편이 생각나자 짜릿함이 이어졌다. 입이 간지러워 괜히 개들을 데리고 나와 땅을 보며 걸었다. 입가에 절로 미소가 번졌다. 자, 우리 이번엔 아빠를 어떻게 놀라게 해줄까?

첫째 아이 덕분에 우리는 선물처럼 엄마와 아빠로서의 순간을 얻었다. 남편에게 둘째 소식을 전하는 때는 또 다시 우리 둘만의 순간일 것이다. 첫째 임신 중, 단 한 번도 산부인과에 혼자 간 일이 없었다. 남편은 내내 나와 함께했다. 밤마다 잠든 첫째를 확인하기 위해 휴대폰 플래시를 켜고 어두운 방에 들어가 높이 솟은 엉덩이를 구경하던 일은 둘만의 루틴이었다. 연인에서 부부가 된 일은 우리 둘의 힘으로 해냈지만, 부부에서 부모가 된 것은 모두 아이 덕분이었다.

첫째 아이가 선물한 무수한 둘만의 순간 덕에 우리는 어엿한 부모가 되었다. 부모로서 누린 순간들이 지금 우리의 행복을 설명한다. 둘째 아이가 오면 이 '둘만의 순간'은 또 다른 경우의 수를 낳는다. 나와 둘째, 남편과 둘째, 첫째와 둘째. 셋이서 만드는 둘만의 순간보다 많아질 넷이서 만드는 둘만의 순간들을 기대한다. 아이가 하나 더 생겨 좋은 이유는 바로 여기에 있지 않을까.

가만히 아랫배를 매만지며 둘만의 시간을 음미한다. 지금은 둘째 너와 나, 우리만의 시간이다. 한 몸으로 지낼 둘만의 시간, 앞으로 250일.

**글쓰기를 위한 가이드를 제시하니,
둘 중 하나의 추가 소재를 골라 직접 글을 써봅시다.**

첫 문장 예시

**"그(또는 그녀)와 평생을 함께해도 좋다는 생각이
처음 들었던 순간이 있다."**

내용 시작 예시

그녀와 평생을 함께해도 좋다는 생각이 처음 들었던 순간이 있다.
함께 작은 공원을 거닐던 밤이었다. 그녀와 걷다 보면, 아무리 보잘것없는
산책이어도 어쩐지 세상을 즐겁게 여행하는 기분이 들었다.

직장 상사

첫 문장 예시

"직장 상사가 던진 말에 심장이 거세게 뛰었다."

내용 시작 예시

직장 상사가 던진 말에 심장이 거세게 뛰었다. 그의 말에
나도 모르게 얼굴에 열이 오르는 걸 느꼈다. 그는 정확하게 내 잘못을
지적했지만, 거기에는 묘한 비난이 깔려 있었다.

7

감정 :
기쁨, 소외감, 수치심

추가 소재 죄책감 안온함

심리학에서는 우리가 자신의 감정을 정확히 '알아차리기만' 해도 여러 문제를 극복하는 데 도움이 된다고 말합니다. 우리는 오늘 하루를 보내며 무슨 감정들을 느끼는지 잘 모릅니다. 오늘 나는 어떤 마음으로 출퇴근을 했고 직장 동료들을 만나 무슨 감정을 느꼈으며 집으로 돌아와서 어떤 마음과 감정을 가졌는지 좀처럼 따져보지는 않습니다.

대체로 삶에 강렬한 사건들이 발생했을 때 감성을 고민합니다. 가령, 직장에서 상사에게 부당한 처우를 받아 분노와 슬픔을 동시에 느낄 때, 비로소 내가 어떤 마음으로 이 회사를 다녀왔으며 나는 어떤 감정 상태였는지 파악하게 됩니다. 마찬가지로 평소에는 별다른 낌새가 없던 아내가 어느 날 너무 힘들다고 친정에 가 있겠다고 하는 순간, 나와 상대의 감정을 벼락 맞듯 깨닫기도 합니다.

그렇기에 나조차도 잘 모르는 '나의 감정'을 찬찬히 써보는 일이 필요합니다. 오늘 나는 어떤 마음으로 하루를 보냈는지, 친구든 연인이든 그와의 관계에 대한 나의 감정은 어땠는지를 생각해보는 것이죠. 최근 일주일간 가장 기뻤던 순간이나 소외감을 느꼈던 경험, 수치심이나 상대적 박탈감 등을 느꼈던 때를 하나하나 떠올려봅시다.

그런 감정적 순간들은 동시에 '나'를 알게 하는 계기이기도 합니다. '나'란 무엇일까요? 내가 좋아하거나 싫어하는 것, 내가 아파하거나 공감하는 것. 그런 것들이 곧 '나'를 정의하기도 합니다. 나를 알아가기 위해서라도 우리는 감정을 써볼 필요가 있습니다.

기쁨[*]

10여 년 만에 후배를 만났다. 그는 곧 결혼할 예정이었고 아이를 갖고 싶다며 내게 육아가 어떤지 물었다. 나는 얼마 전 아이랑 갯벌에 갔던 영상을 보여주면서 아이와 함께한 몇 년은 '기쁨'이었다고 말했다.

그는 최근 변호사가 되어 밤낮없이 일하며 살고 있는데 내가 아이랑 살아가는 나날을 즐겁게 말하자, 마치 다른 세계의 이야기를 듣는 것 같다며 "이런 세계가 있다는 게 너무 놀라워요"라고 했다. 내가 아이와 함께하는 시간을 삶에서 가장 중요한 시기로 두고, 바다로 떠나고 땅을 파면서 숨차게 달리는 생활을 듣던 그는 자기가 근래에 만난 사람 중 내가 가장 행복해 보인다고 했다.

매일 그렇게 행복하냐고 물어보면 그렇다고 말할 수는 없다. 그래도 나는 내 삶을 긍정한다. 삶의 중심을 어디에 둘 것이냐고 묻는다면, '오늘의 행복을 아는 사람'이라고 답할 것이다. 후배는 자기가 결혼할 사람과 함께 나를 꼭 만나고 싶다고, 내 이야기를 자신들에게 다시 들려달라고 했다.

그를 만나고 나니 독서 모임을 하면서 여러모로 삶과 청춘에 대한 낭만을

[*] 이 글은 '쇼잉' 위주로 쓰인 '에피소드형 에세이'로 시작했지만, 중반 이후 '텔링' 위주의 '관념적 에세이'가 되었다. 전체적으로 두 개의 형태가 딱 반반씩 이뤄져 있다.

품고 살던 20대 시절이 생각났다. 그 후배도 나와 모임을 하며 청춘의 한때를 함께 보낸 동생이었다. 나는 그 시절 이후로 참 많이 달라졌다고 생각하지만, 어쩌면 그때 믿던 삶에 대한 마음을 어느 정도 지켜내고 있는지도 모르겠다. 어떻게 하면 좋은 삶을 살지 고민하던 바로 그 마음을.

그 시절의 나를 내 앞에 앉혀 놓을 수 있다면, 서로에게 무슨 말을 할지 생각해본다. 그때의 나는 자유롭고 아름답게 내가 믿는 좋은 삶을 살고 있느냐고 지금의 나에게 물을 것이다. 나는 아마 너는 상상조차 하지 않겠지만, 사랑하는 사람을 만나 결혼해서 아이를 낳았고 하루하루를 참 소중히 보내며 살고 있다고 말할 것이다. 그러니 앞으로 어떤 어려움이 있더라도 좋은 삶을 좇는 일을 포기하지 말고 계속 나아가라고 말해주지 않을까 싶다.

20대의 나는 세상을 자유롭게 거닐기 위해서는 세상에서 '최고'인 어떤 존재가 되어야 한다고 막연히 믿고 있었다. 나는 그 두 눈을 똑바로 바라보며 말해줄 것이다. 최고 같은 건 될 필요 없다고. 업계 최고의 1등을 할 필요도, 정상을 향해 갈 필요도 없다. 그보다는 그저 어제보다 더 나은 오늘의 내가 되고자 나만의 걸음을 걸어가면서 곁에서 내 손을 꼭 붙잡은 존재의 소중함을 잊지 않으면 된다. 그러면 좋은 삶을 살 것이다. 사는 이유는 최고의 삶이 아닌 좋은 삶을 살기 위함이다.

그러면 아마 스무 살의 나는 나에게 이렇게 말하겠지. 왜 그렇게 늙어버렸냐고, 마치 통나무 오두막에 사는 할아버지의 덕담을 듣는 것 같다고 말하면서 깔깔 웃을 것이다. 그리고 지금의 나도 한참 즐겁게 웃을 것이다.

소외감[*]

비교적 최근에 알게 된 사실이 하나 있다. 세상 거의 모든 사람에게 '소외'의 경험이 있다는 것이다. 어린 시절의 따돌림이라든지, 적응하지 못해 혼자라고 느낀 순간처럼 남들과 잘 섞이지 못해 겉돌던 기억이 누구에게나 있다. 유년기나 초등학교 어느 학년 때, 청소년기에, 대학 시절이나 직장 혹은 종교 공동체나 스터디에서 그런 경험을 한다. 즉, 대부분의 사람이 '소외의 기억'을 갖고 있다.

많은 사람이 소외당한 경험을 말하길 부끄러워한다. 수치스럽고, 감점 요소에, 결점이자 치부여서 가능한 한 숨겨야 한다고 믿는다. 그래서 소외를 전혀 겪지 않는 게 정상이고 일반적인 것처럼 받아들여지지만, 사람들의 이야기를 조금이라도 깊이 듣다 보면 누구나 그런 경험이 있다는 걸 알게 된다. 그렇기 때문에 사람은 소외감, 박탈감, 겉도는 기분에 대해 알고 있는 것이다.

인생을 거치며 만나는 수도 없이 많은 사람, 학급 친구늘, 식상 동료를 또 그만큼이나 많이 속해왔던 여러 집단, 학교, 학원, 성당, 동아리, 동호회, 직

---

[*] 이 글은 '텔링' 위주로 쓰인 '관념적 에세이'다. 중간중간 구체적인 사례를 들어 생동감을 주고자 했다.

장 등에 항상 완벽하게 적응하는 것도 기이한 일이다. 그건 불가능하다. 사람은 저마다의 개성, 성격이나 특성이 각각 다르므로 세상 모든 집단에 어울릴 수 없다. 누구에게나 자기에게 어울리는 집단이 있기 마련이고, 그 집단을 평생 찾아나가고 있을 뿐이다.

'소외의 기억'을 감춰야만 하는 것은 일종의 집단주의적 문화의 이면이 아닐까 싶다. 군대처럼 운영돼왔던 학교, 집단에 적응하는 게 가장 뛰어난 능력이라는 관점, 부적응자에 대한 처벌이나 경멸이 우리 사회에 오래 자리 잡아왔다. 집단에 대한 복종, 어디서든 잘 적응하는 능력, 예스맨이 되어야만 살아남는 세상은 사실 일제강점기나 다를 바 없는 시대문화인 셈이다.

세상이 나아지는 방향이 하나 있다면, 누구나 소외의 기억과 경험을 부끄러워하지 않는 것이다. 살면서 겪는 부적응의 경험은 너무 당연하며, 그 사실로 스스로를 괴롭히거나 수치스러워할 필요가 없다는 게 진실이자 진리라는 상식이 통용되는 세상이 되었으면 싶다. 그렇다면 우리는 어느 세계에서건 서로에게 조금은 더 다정한 사람이 되어서 더 다정한 세계를 살게 될 것이다.

당신이 느끼는 소외감과 부적응의 감각은 당연하고 자연스럽게 벌어지는 일이며 그렇기 때문에 누구나 도움받아야만 하고 또 도와주어야만 한다는 사실. 그런 도움들이 너무나 당연하게 세상 곳곳에 존재해야 한다는 사실. 그런 사실이 명패처럼 박혀 있는 세상이야말로 더 진실한 사회일 것이다.

수치심

조민철
(※ 글쓰기 멤버십 참여자분의 글입니다)

고등학생 때 거짓말을 한 적이 있다. 월요일 쉬는 시간에 나와 내 짝꿍, 그리고 앞자리 친구들과 왁자지껄 떠들고 있었다. 곧 수업이 시작될 예정이라 친구와 교과서를 가지러 교실 뒤편 사물함으로 갔다. 각자 사물함의 자물쇠를 푸는데 친구가 "무슨 음식 냄새 나지 않아?"라고 했다. 강하지는 않았지만, 사물함에 코를 갖다 대면 맡을 수 있는 은근한 냄새였다. 시금치가 떠오르는 냄새였는데 맛있는 냄새가 아닌 쉰내여서 얼굴이 찌푸려졌다.

"아우 씨 이게 뭔 냄새냐."

우리는 교과서를 한 팔에 끼고 냄새의 근원지를 탐색했다. 서로 다섯 칸 정도 떨어진 짝꿍의 사물함과 내 사물함 사이가 용의선상에 올랐다. 그중 자물쇠가 없는 사물함이 하나 있었다. '어? 저기는…….' 머릿속에 희미한 생각이 번뜩 떠올랐다. 열면 안 될 것 같은 느낌이 들었는데 친구가 문을 벌컥 열었다. 안에는 노란색 체크무늬 도시락 가방이 덩그러니 있었다. 시간이 멈춘 듯했다. 내 도시락 가방임을 인지하는 동시에 역한 냄새가 강하게 올라왔다. 그 순간 나도 모르게 "아오, 누가 여기 도시락 통 놓고 가서 상한 냄새 나는 거였네"라고 말했다. 분명 내 것인데 모른 척 발뺌하고 거짓말을 했다.

일주일 전, 학교 급식실 공사로 인해 며칠 동안 도시락을 싸와야 했다. 나는 도시락을 싸오는 마지막 금요일에 반찬을 남겼는데, 내 사물함에 공간이 없어서 도시락을 잠시 주인 없는 빈 사물함에 뒀다. 집으로 가져간다는 걸 그만 깜빡했고, 주말이 지나 음식이 상해서 썩은내가 났던 것이다. 당황스러웠다. 도시락을 다른 사물함에 두고 안 가져간 것이나 음식을 이틀만 잘못 보관해도 역한 냄새를 풍긴다는 점 때문이 아니었다. 냄새 나는 도시락의 주인이 나라는 사실이 당황스러웠다. 역한 냄새를 같이 맡았던 짝꿍이 나를 많이 좋아해줬던 여학생이라서 더욱 당혹스러웠다. 지금 생각하면 정말 별것 아닌 일인데, 그때는 거짓말을 해서라도 이 일을 넘기고 싶었다.

손으로 코를 막고 있던 짝꿍과 함께 자리로 돌아갔다. 사물함에서 자리까지 이동하는 짧은 순간에 짝꿍의 표정을 흘긋 살폈다. 나를 의심하는 것 같지는 않았다. 다시 쉬는 시간이 찾아왔다. 앞자리 친구들과 도시락 가방의 주인이 누구인지 유추했다.

"근데 저 사물함 너도 쓰던 거 아냐?"

짝꿍이 갑자기 나를 보며 물었다.

"어. 나도 쓰긴 하지. 근데 저 사물함 주인 없어서 여러 명이 같이 돌려쓰는 거야."

최대한 당황한 티를 내지 않고 말했다. 어떻게든 상황을 무마시키고 싶었다. 짝꿍이 자리에서 일어나 사물함으로 가더니 다른 친구들에게 도시락 가방의 주인이 있는지 물었다. 있을 리가 없었다.

"그럼 이거 버린다? 진짜 주인 없지?"

짝꿍은 마지막 통보를 하고 도시락 가방을 쓰레기통에 버렸다. 나는 버려

195

진 증거물을 보며 안심했다. 이 사건은 이대로 잊힐 것이었다.

하지만 도시락 사건은 내 마음 한편에 오랫동안 불편하게 남아 있었다. 정말 별일도 아닌데 왜 거짓말을 했을까. 머쓱해하며 실수했다고 말하면 그만인데 왜 외면하고 부정했을까. 거짓말을 해서라도 지키고 싶었던 것은 대체 무엇이었을까.

그저 창피한 모습을 보여주지 않고 싶었다. 도시락은 내 것이고, 깜빡하고 두고 간 바람에 음식이 썩어 악취가 나는 걸 인정하는 게 부끄러웠다. 친구들에게 창피한 모습을 보이는 일은 어떻게든 피하고 싶었다. 운동을 잘하는 모습, 친절한 모습, 누구와도 두루두루 잘 어울리는 모습을 보여주고 싶지, 냄새 나는 도시락의 주인이 나라는 창피한 모습은 거짓말을 해서라도 보여주고 싶지 않았다.

시점은 정확히 기억나지 않지만, 언젠가부터 나를 대하는 짝꿍의 태도가 조금 달라진 걸 느꼈다. 여전히 잘 지내긴 했다. 하지만 전에는 상당히 발랄한 모습이었다면, 도시락 사건 이후엔 조금 가라앉은 느낌이었다. 그때는 그냥 그런가 보다 했었는데, 시간이 흘러서 돌아보니 짝꿍은 사실을 알고 있었던 것 같다. 그 사물함을 너도 쓰지 않았냐고 내게 물어봤을 때, 도시락 가방의 주인이 있냐고 물어봤을 때, 마지막으로 통보했을 때 어쩌면 뒤늦게라도 내가 솔직하게 말해주기를 바랐을지도 모른다. 나는 버려진 도시락 가방을 보면서 안심했지만, 친구는 나에 대한 믿음을 놓아버렸을지도 모를 일이다.

나는 과거에도 그랬고 지금도 내가 속한 집단에서 좋은 사람이 되기를 바란다. 회사에서 역량 있는 인재로 인정받기를 바라고, 친구들 사이에서는 신뢰할 수 있는 멋진 친구로 보이기를 바란다. 그런데 내가 생각하는 '좋은 모습'에는 완벽하고 이상적인 것들로만 가득 차 있다. 실수를 솔직하게 인정하거나 못하면 못한다고 당당하게 말하는 게 더 인간적이고 좋은 모습이라는 것을 안다. 하지만 막상 당혹감이 찾아오면 이를 자꾸 잊어버린다. 있는 그대로의 나 자신을 부정해야 만들어지는 모습은 절대 좋은 모습일 수 없다.

그때 냄새 나는 도시락이 내 것이었다고 솔직하게 말했다면 어땠을까. 쓰레기통에 버려지는 게 나의 창피함을 드러내는 증거물이 아니라, 내 실수를 인간적으로 솔직하게 인정할 수 있는 기회였다는 걸 깨달았다면 어땠을까.

**글쓰기를 위한 가이드를 제시하니,
둘 중 하나의 추가 소재를 골라 직접 글을 써봅시다.**

첫 문장 예시

"가만히 생각해보면, 나에게는 하나의 죄책감이 자리 잡고 있다."

내용 시작 예시

가만히 생각해보면, 나에게는 하나의 죄책감이 자리 잡고 있다.
바로 부모님에 대한 죄책감이다. 부모님과 떨어져 살면서, 점점 늙어가는
부모님을 보면서 죄책감이 피어오른다.

첫 문장 예시

"지난 일주일 중 가장 안온한 시간은 ○○ 때였다."

내용 시작 예시

지난 일주일 중 가장 안온한 시간은 토요일 오전에 일어나
책을 읽을 때였다. 아이 손을 잡고 모처럼 동네 도서관으로 나섰다.
아이는 어린이 코너에서 그림책 하나를 골랐고, 나는 집에서 들고 온
책 한 권을 꺼내 들었다.

<table>
<tr><td>8</td><td>개념:
거짓말, 인연, 꿈</td></tr>
</table>

추가 소재 (행복) (사랑)

누구나 삶의 '가치관'이 있습니다. 내가 생각하는 사랑, 행복, 인생 등이 무엇이라고 말할 수 있는 게 가치관을 갖고 있다는 증거가 되죠. '네가 생각하는 사랑이란 뭐야?'라는 질문에 나름대로 정리해 답한다면, 사랑에 대한 자기만의 가치관을 갖고 있는 셈입니다. 그러나 사랑이 뭔지 도통 모르겠다면, 깊은 고민 없이 되는 대로 사랑을 하고 있는 것일지도 모릅니다.

그렇기에 우리는 몇 가지 중요한 '개념'에 대해 생각하고 써봐야 합니다. 예를 들어, '거짓말'이 좋은 것인지 나쁜 것인지, 어느 정도까지 허용되는 것인지 등을 생각하고 써보는 거죠. 그래야만 아이에게도 "거짓말은 나쁜 거야" 혹은 "거짓말은 나쁘긴 하지만 해도 되는 때가 있어" 등으로 일관된 이야기를 할 수 있습니다. 이처럼 자기만의 개념이 없다면, 자녀를 양육할 때도 일관된 기준을 전하기가 어렵습니다.

특히, 지금 시대에는 자기만의 행복에 대한 기준을 꼭 성찰해봐야 합니다. 타인의 행복에 휘둘리다 보면, 내 삶이 미워지고 내 부모나 배우자까지 저주하게 될지도 모릅니다. 누구는 부자인 부모를 만나 매일 명품을 들고 다니는데, 나는 그러지 못하니 불행하다고 손쉽게 생각해버릴 수도 있죠. 비교가 너무 쉬워진 시대일수록 자기만의 행복의 기준을 알아야 합니다.

이처럼 '개념'에 대해 쓸 때는 꼭 일상적인 경험을 쓰지 않아도 됩니다. 찬찬히 논리적으로 생각해보는 게 더 중요합니다. 가능하다면 몇몇 인문학 책 구절을 인용하거나 필사해보면서 도움을 얻을 수도 있습니다. '반대되는 정의'를 떠올리는 것도 도움이 됩니다. 예컨대, 행복이나 사랑에 대해 쓸 때 '내가 생각하는 행복이나 사랑이 아닌 것'부터 쓰는 겁니다. '내가 생각할 때, 진정한 행복은 소비에 있는 게 아니다'처럼 말이죠. 그렇게 우리가 정립해간 '개념들'이 내 삶의 가치관이 되고 나를 지켜주며 지탱해준다는 것을 믿었으면 좋겠습니다.

거짓말*

"거짓말은 절대 안 돼!"라고 강조하는 부모들도 있지만, 나는 아이의 거짓말에 꽤나 관대한 편이다. 나도 아이한테 거짓말을 자주 한다. 이를테면, 아빠는 어릴 적에 고래상어랑 아프리카코끼리, 하마를 키웠으며 폼롤러 때문에 등에 생긴 자국은 어젯밤에 도깨비랑 싸우다가 방망이에 맞은 거라고 말한다.

아이도 거짓말을 꽤나 즐겨한다. 자신의 상상 속 고양이 친구 '커비'랑 같이 어제 공룡 나라에 갔다 왔다든가, 방금 길에서 꼬리가 있는 사람을 봤다든가 하는 식이다. 나는 아이가 적절한 거짓말은 배워도 좋다고 생각한다. 거짓은 일종의 상상력이자 사회를 살아가는 기술이기도 하다.

세상의 모든 아이는 부모에게 거짓말을 하면서 조금씩 독립된 영역을 가지게 된다. 밤에 몰래 컴퓨터를 하고, 은밀한 걸 찾아보기도 하고, 친구들 사이에서 비밀을 만들면서 '주체'가 되어간다. 나는 아이의 모든 것을 투명하고 진실되게 알아야 한다고 믿는 건, 부모가 가지는 일종의 욕심일지도 모른다는 생각을 한다. 지극히 개인적인 견해지만, 타인의 인격을 존중한다는 건 타

---

* 이 글은 '텔링' 위주로 쓰인 '관념적 에세이'다. 중간중간 구체적인 사례를 들어 생동감을 주고자 했다.

인의 비밀을, 수수께끼를 인정한다는 의미이기 때문이다.

사회에서 한 인간으로 살아간다는 건 타인에게 적절히 거짓을 말할 줄 알게 되는 것이다. 별로 감사하지 않아도 감사하다고 하고, 별로 반갑지 않아도 반갑다고 할 줄 알아야 한다. 자랑하고 싶은 걸 조금 참고 겸손한 척도 해야 한다. 때론 나의 치부를 숨길 줄도 알아야 한다. 애인이나 배우자에게도 내 안의 진실을 100퍼센트 꺼낼 수는 없다. 진실과 거짓 사이에서 줄타기를 할 줄 알아야 우리는 사회적 인간으로 살아갈 수 있다.

나는 아이가 타인을 이용해먹는 거짓이 아니라, 자신의 주체성을 키워나가고 상상의 힘으로 자기 세계를 만들어가는 종류의 거짓을 어느 정도 자유롭고 자연스럽게 구사하는 사람으로 컸으면 한다. 서로를 즐겁게 하는 허구, 잠시간의 행복을 주는 거짓, 스스로를 지키는 비밀, 끝까지 품고 살아가는 수수께끼에 대한 인내 같은 것들은 '진실'보다는 '거짓'을 통해 배울 수 있다.

가장 진실해야 할 대상은 자신의 마음이다. 자신의 마음을 따르는 용기, 자기 방어로 도망가지 않는 것, 회피 속에서 진실을 거부하지 않는 것이야말로 '진실'을 말할 때 가장 중요하다. 나는 그런 진실은 스스로에게 허용한 어떤 허구가 만들어준 여백 속에서 만나게 되기도 한다고 생각한다.

아이는 언젠가 삶이란 자신의 이야기를 짓고 꾸며내며 나아가는 일이라는 걸 알게 될 것이다. 그때가 되면 거짓을 짓던 힘으로도 삶을 이끌 수 있다는 걸 이해할 것이다.

인연[*]

살아갈수록 인연의 중요성을 깊이 느낀다. 나아가 인간의 삶이라는 건 대부분 사람과 사람 사이의 일이라는 것도 알게 된다. 청년 시절만 해도 인연이 그렇게 중요하다고 생각하지 않았다. 오히려 글쓰기 능력이라든지 인문학적인 지식 같은 것에 더 관심이 있었다. 그러나 지금은 글쓰기나 지식조차도 결국 다 사람의 일이었다는 걸 깨달았다.

글쓰기는 사람 없는 우주의 허공에 대고 천재적인 기술을 부리는 것이 아니다. 오히려 사람에게 말을 건네고, 마음을 얻고, 연결되는 일이다. 그 속에 별도의 대단한 외계의 법칙 같은 건 없다. 다른 예술도 마찬가지다. 누군가를 대리하거나 변호하는 일도, 그 밖의 모든 일도 크게 다르지 않다. 사람은 그저 사람을 대하며 살아간다.

예전에는 사람 바깥에 무언가 있다고 생각했지만, 이제는 모든 건 사람 안에 있는 일이라고 느끼곤 한다. 좋은 삶이란 인연을 소중히 하는 것과 같은 의미가 아닌가 싶다. 내게 가치가 있다고 말해주는 사람, 나를 좋게 봐주는

---

[*] 이 글은 '텔링' 위주로 쓰인 '관념적 에세이'다. 중간중간 구체적인 사례를 들어 생동감을 주고자 했다.

사람 또 내가 좋게 느끼는 사람, 내가 호의를 건네고 싶은 사람, 내가 충실하고 싶은 사람, 내가 믿고 싶은 사람, 나를 신뢰해주는 사람, 나를 응원해주는 사람. 그런 사람들과의 여정을 빼면 과연 삶이라는 게 존재할 수나 있을까?

흔히 사회에서의 능력이라고 하는 것도 열에 아홉은 사람과 관계된 일이다. 타인을 이해시키는 능력, 타인에게 감동을 주는 능력, 타인에게 신뢰를 주는 능력, 타인을 만족시키는 능력, 타인의 마음을 알고 협상하는 능력 바깥에 '별개의 능력'이랄 게 얼마나 있을까? 청년 시절에는 그걸 몰랐다. 혼자 천재가 되면 되는 줄 알았던 때도 있었다. 그러나 이제는 아니라는 걸 안다.

삶은 타인 없이는 단 하루도 설명을 할 수가 없다. 가족과 친구, 동료뿐만 아니라, 함께 글 쓰는 사람들, 다양한 모임을 통해 호의와 선의로 인연을 이어가는 사람들을 빼면 삶은 아무것도 아닌 게 된다. 살면서 무언가 도모하든, 사회에서 자리를 잡든, 일상에서 행복을 얻고자 하든 그것은 내게 닿은 사람들을 소중히 여기는 데에서부터 시작한다는 걸 지금은 아주 잘 안다.

물론 세상 모든 사람을 소중히 여길 수는 없으며, 삶을 파괴하는 사람들은 서둘러 걸러내야 한다. 그러나 산소가 산불을 일으킨다고 해서 산소를 없앨 수는 없다. 결국 삶은 사람이라는 산소로 이뤄져 있다. 삶에서 제대로 해야 할 일은 사람을 알고 그 곁으로 가는 것이다. 방법은 사람마다 조금씩 다를 것이다. 누군가는 글쓰기나 작곡으로, 누군가는 잦은 만남이나 모임으로, 누군가는 강연이나 방송을 통해 '사람'을 만난다. 본질은 역시 사람이다.

꿈*

나에게 꿈이 있나 자문해본다. 단순히 생존하고, 의식주를 해결하고, 살아남는 것 외에 꿈꾸는 미래가 있는지를 생각해본다. 언젠가부터 현실적인 목표 외에는 꿈다운 꿈이랄 게 없어진 것 같다. 정확히 언제인지는 모르겠지만, 나에게 다시 꿈이 필요하다는 생각이 들었다.

이대로 가족이 행복하고 벌이가 잘 유지되는 것만으로도 감사하고 다행인 건 사실이다. 그래도 사람에게는 평생 품어야 하는 꿈이 하나쯤 있어야 하지 않을까 싶다. 허무맹랑할지라도 뉴칼레도니아에 살면서 바다거북과 노닐 거라든지, 프랑스에서 유학하며 정신분석학을 공부할 거라든지, 일본에서 빵집을 차리고 커피를 내릴 거라든지 하나 이상을 가질 필요가 있다.

내가 백일몽처럼 이따금 생각하는 건 '공간'을 가지는 꿈이다. 너무 붐비거나 외롭지 않은 어느 골목 어귀에 나만의 공간을 하나 차려놓고 사람들을 초대해 작은 파티도 열고 아이와 아이의 친구들이 놀러올 수 있는 공간이 있으면 어떨까 생각하곤 한다. 사실 그 꿈은 내 어릴 적 경험에 기인한다.

---

* 이 글은 '텔링' 위주로 쓰인 '관념적 에세이'로 볼 수 있다. 중간중간 구체적인 사례를 들어 생동감을 주고자 했다.

내가 중학생이었을 때, 어머니는 골목에 작은 화실을 하나 차려서 동네 아이들을 가르쳤다. 나는 일종의 조수로 어머니를 도와 아이들을 가르치거나, 요즘 태권도장처럼 보육하는 역할도 했다. 아이들을 우르르 데리고 화실 앞 놀이터에 나가서 논다든지, 병아리를 키우면서 땅을 파서 애벌레를 잡아 먹이로 주기도 했다. 밤이 되면 그곳은 우리만의 아지트로 변했는데, 거기서 책을 읽거나 공부도 했다. 가끔은 친구들도 초대했다.

나도 그런 공간을 가지고 싶다. 매달의 벌이나 소비, 저축이나 주거 문제 등에 사로잡혀 있다 보면, '꿈 실현'의 용기를 내기가 어렵다. 사정이 좀 더 여유로워지면 도전해야 할 막연한 꿈으로 계속 미뤄진다. 하지만 당장 실현하지 않더라도 꿈 하나쯤은 가지면 좋은 것 같다.

다른 꿈은 내가 정말 좋아하는 사람들과 방송을 만드는 것이다. 지적인 대화를 즐겁고 자유롭게 나누는 방송을 하고 싶다. 이것 역시 당장 누구와 어떻게 시간을 내어 해야 할지, 제대로 된 수익 창출도 없이 비용을 감당할 상황인지 등 여러 현실적인 생각이 사전에 막아버리는 꿈 후보지만, 언젠가는 그런 즐거운 방송을 만들고 싶다.

이 두 가지 꿈을 하나로 합치고 싶기도 하다. 나만의 공간을 만들어 내가 좋아하는 사람을 초청해서 함께 방송을 만들고 모임과 파티를 여는 것이다. 그리고 밤이면 그곳은 우리 가족의 아지트가 된다.

꿈을 가지자. 꿈이 없는 삶은 메마르고 재미가 없다. 현실, 성공, 돈, 생존 이런 것만 생각하며 살기엔 삶의 풍요로움과 아름다움이 아깝다. 꿈을 꾸자. 찬란하고 빛나고 다채롭고 아름다운 꿈을 꾸자.

**글쓰기를 위한 가이드를 제시하니,
둘 중 하나의 추가 소재를 골라 직접 글을 써봅시다.**

첫 문장 예시

"내가 생각할 때, 진정한 행복은 ○○에 있지 않다."

내용 시작 예시

내가 생각할 때, 진정한 행복은 값비싼 소비에 있지 않다. 요즘은 온통
SNS에 값비싼 소비를 최고의 행복이라 자랑하기 바쁜 시대다.
그러나 내가 느끼는 가장 값진 행복은 아이 손을 잡고 나선 어느
일요일 오후에 수풀 사이에서 잡은 방아깨비 한 마리에 있었다.

첫 문장 예시

"사람들은 사랑에서 ○○이 중요하다고 하지만, 나에게는 그렇지 않다."

내용 시작 예시

사람들은 사랑에서 외모가 중요하다고 하지만, 나에게는 그렇지 않다.
언제나 나의 사랑에서 가장 중요한 건 대화였다. 외모가 어떻든
우선 말이 통하는 사람에게 먼저 마음이 갔다.

3부

내 글로 세상과 연결되는 방법

글쓰기는 크게 '나만 보는 글쓰기'와 '타인도 보는 글쓰기'로 나눌 수 있습니다. 편의상 전자를 일기, 후자를 에세이라고 해봅시다. 처음에는 혼자서 일기를 쓰며 글쓰기를 시작할 수 있지만, 글쓰기는 성숙하면서 타인과 소통하는 도구가 됩니다. 나의 진실을 솔직하게 풀어내고 그 진실을 타인과 나누게 되는 것이죠.

저는 글쓰기가 나아가야 할 방향은 '소통', 즉 '연결'이라고 생각합니다. 이번 챕터에서는 글쓰기로 다른 사람들과 소통하며 연결될 수 있는 방법들을 구체적으로 나눠보고자 합니다. 무엇보다 사람들에게 나아갈 용기를 발휘하길 바라봅니다. 저 역시 언젠가 당신의 글이 제게 다가오는 날을 만나길 바랍니다. 그 방법은 멀리 있지 않습니다.

온라인에서 독자 만나기

블로그와 브런치

블로그는 여전히 글을 올리는 데 있어 가장 손쉬운 공개 플랫폼입니다. 네이버 블로그[*]는 국내 포털 검색 노출에 유리하고, 티스토리 블로그[**]는 구글 검색 노출을 기대할 수 있죠(네이버 블로그는 대표적 검색 포털인 '구글'에 검색 노출이 사실상 어렵습니다).

브런치[***]는 '작가 승인제'로 운영되기 때문에 브런치에 글을 쓰

---

[*] blog.naver.com

[**] tistory.com

[***] brunch.co.kr

기 위해서는 글을 제출하고 심사를 거쳐야 합니다. 다만, 브런치 작가가 되어 글을 쓰면 비교적 양질의 글을 쓰는 사람들 사이에서 자극도 얻고 글쓰기와 관련된 여러 기회를 얻기도 좋습니다.

이런 플랫폼들에 글을 써서 올리는 방법은 매우 쉽습니다. 특히, 네이버의 경우에는 회원 가입 후 블로그만 생성하면 곧바로 글을 올릴 수 있습니다. 다른 사이트도 다르지 않습니다. 보통 회원 가입과 동시에 글을 쓸 수 있는 자기 계정, 블로그 공간이 생깁니다.

블로그에 글을 쓸 때는 마음에 드는 '이웃'들을 찾아보면 좋습니다. 나와 비슷한 취향이나 관심사를 가진 사람들을 찾아 한 명씩 이웃을 추가하다 보면, '서로이웃(서로 구독하는 관계)'이 되기도 하면서 서로의 글을 읽는 동료들이 생겨납니다. 이런 사람들의 존재는 글을 계속 써나가는 데 큰 힘이 됩니다. 브런치에는 '구독' 개념이 존재합니다. 서로의 브런치를 '구독'하면서 글을 읽는 우정의 관계를 만들어가면 좋습니다.

처음에는 글을 올려도 아무도 읽지 않는데 무슨 소용인가 싶을 수 있지만, 의외로 이런 플랫폼들은 이용자를 위해 손님들을 유입시켜 줍니다. 누군가가 글을 읽어주는 재미를 느껴야 이용자가 계속 글을 쓰고, 플랫폼도 활성화되기 때문이죠.

블로그나 브런치에 글을 올릴 때는 개인적인 일상 일기도 좋지만, 좋아하는 콘텐츠 '리뷰'나 특정 '직업' 이야기, '여행' 이야기 등 자기만의 테마가 있는 글을 올리면 검색 노출이나 메인 화면 노출에 유리해집니다. 뚜렷한 테마가 있는 글은 에디터의 눈에도 띄게 되어 더 의미 있는 연결성을 지니게 됩니다.

당장 너무 큰 기대보다는 소소하게 나의 글들을 아카이빙하는 '수집 공간'이라고 생각하면서 글을 써보면 좋겠습니다. 이런 공간에서 만난 소중한 글쓰기 동료들이 평생 글을 써나가는 데 큰 힘이 될 수 있으니까요.

페이스북, 인스타그램, 링크드인, 스레드

SNS는 글을 빠르게 퍼뜨릴 수 있는 플랫폼입니다. 블로그나 브런치가 '글쓰기 공간'이라면, SNS는 좀 더 적극적인 '연결을 목적으로 하는 창구'라고 생각하면 됩니다. 많은 분이 요즘 SNS는 이미지와 영상 중심이라고 생각하지만, 의외로 장문의 글도 많이 올라옵니다. 인스타그램 등에는 SNS매거진이 유행하고 있기도 합니다. 하나씩 살펴보겠습니다.

페이스북은 여전히 긴 글로 생각을 나누기에 가장 좋은 SNS입니다. 글이 부담 없이 읽히고 길이 제한도 거의 없어 생각을 충분히 풀어낼 수 있죠. 무엇보다 나와 직접 연결된 '친구들'이 주요 독자가 되기 때문에, 나를 아는 사람들이 내 글에 반응해줄 가능성이 높습니다. 초반에 글쓰기 자신감을 얻는 데 페이스북만큼 좋은 공간도 드뭅니다. 마음에 드는 글을 쓰는 사람들을 찾아다니며 '좋아요'도 누르고 '친구 추가'도 하다 보면, 서로의 글을 읽어주는 사람을 찾을 수 있습니다.

인스타그램은 이미지 중심의 플랫폼이지만, 글을 올리는 계정도 적지 않습니다. 텍스트를 넣은 이미지를 열 장 정도씩 만들어서 올리는 경우도 있고요. 그조차도 번거로우면 이미지에는 '제목'만 넣고 본문에 글을 쓰기도 합니다. 저도 '글그램' 같은 어플을 이용해 이미지에 '제목'만 넣고 글은 본문에 씁니다. 릴스의 경우에도 적당한 영상에 제목을 붙인 다음, 글은 본문에 넣는 식이죠. 실제로 이렇게 올렸을 때 글을 읽는 분들이 적지는 않습니다.

다만, 인스타그램은 텍스트 노출보다 이미지 중심의 SNS이기 때문에, '첫 줄'에서 독자의 관심을 끌지 않으면 스크롤에 금방 묻히기 쉬운 구조입니다. 그래서 핵심 문장을 맨 앞에 두거나 제목을 잘 정하는 것이 중요합니다.

링크드인은 직업 정체성과 연결된 글에 강한 플랫폼입니다. 나의 일과 관련된 인사이트, 프로젝트 경험, 책이나 강연을 통해 느낀 생각 등을 공유하면 비슷한 분야의 사람들과 자연스럽게 연결되면서 글이 곧 '전문성'으로 작용됩니다. 실제로 헤드헌터들도 많이 이용해서 직업적 제안을 하기도 합니다. 페이스북보다 조용하고 차분한 분위기에서 일 중심의 글을 올리고 싶은 분들에게 추천할 만합니다.

스레드는 메타(페이스북) 계열의 최신 플랫폼으로, 500자 이하의 짧은 글이나 단문 시리즈에 특화된 SNS입니다. '생각의 흐름'을 한 줄씩 계속 이어가는 형식이 가능하기 때문에 에세이보다는 코멘트나 감각적인 짧은 문장들 혹은 유행성 밈을 활용한 글에 적합합니다. 글쓰기 플랫폼이라기보다는 '글로 대화하는 곳'에 가까워 본격적으로 긴 글을 쓸 장소보다는 짧은 피드백과 아이디어 실험의 장으로 활용해보면 좋습니다.

이런 SNS 플랫폼들은 '좋아요'나 '공유'라는 작은 피드백을 통해 글쓰기에 대한 동기를 얻는 큰 힘이 됩니다. 다만, 주목받기 위한 자극적인 방식이 아닌 진정성 있는 글을 꾸준히 올리며 '글 쓰는 사람'으로서의 인상을 쌓아가는 것이 장기적으로 더 의미 있는 연결을 만들어낼 수 있습니다.

SNS에 글을 올릴 때는 너무 대단한 걸 쓰기보다 일상에서 잠깐 멈춰 선 생각, 책을 읽고 든 짧은 인상, 어떤 감정을 포착한 한 문장을 적어보는 정도로 시작해보세요. 그런 사소한 단상들이 쌓여 나중에 긴 글을 쓰는 데 든든한 재료가 되어줍니다.

뉴스레터, 뉴스 기고, 공모전으로
나를 알리기

뉴스레터

뉴스레터는 요즘 가장 주목받는 글쓰기 플랫폼 중 하나입니다. SNS와는 달리 글을 받기로 '스스로' 신청한 구독자에게 직접 도달한다는 점에서 밀도 있는 관계를 만들 수 있습니다. 글을 꾸준히 쓰는 사람들에게는 "내 글을 기다리는 독자가 있다"는 사실 자체가 굉장한 동기 부여가 됩니다.

메일리Maily는 시작하기가 가장 간편한 뉴스레터 플랫폼입니다. 별도의 복잡한 설정 없이 블로그처럼 쉽게 글을 쓰고 발송할 수 있으며, 한국어 환경에 최적화되어 있어 초보자에게 적합합니다. 개인적인 편지 형식부터 콘텐츠 큐레이션, 칼럼 연재까지 폭넓게 활용되고 있습니다.

스티비Stibee는 조금 더 정교한 뉴스레터 운영을 원하는 사람들에게 적합한 플랫폼입니다. 구독자 그룹 관리, 발송 통계, A/B 테스트 등 다양한 마케팅 기능을 갖추고 있어, '꾸준한 뉴스레터 발송'을 실질적으로 운영하고 싶은 분들에게 특히 추천할 만합니다. 디자인 템플릿도 다양하고 깔끔해서 시각적 완성도도 높일 수 있습니다.

뉴스레터를 시작할 때는 일주일에 한 번 정도 짧은 소식이나 근황, 읽은 책 한 권 혹은 하나의 생각을 정리해 보내는 방식으로 가볍게 해보면 좋습니다. 구독자가 열 명만 되어도, 내 글을 기다려주는 사람이 있다는 사실은 꽤 특별한 경험입니다. 주변에 뉴스레터를 개설했다는 소식을 전하며 독자를 모아보는 것으로 시작해봅시다.

뉴스 기고

내가 쓴 글을 뉴스 형식으로 공개하고 싶은 마음이 들 때가 있습니다. 블로그나 SNS가 아니라, 누군가에게 전달하고 싶은 사회적 메시지나 경험 혹은 시사적인 관점을 남은 글이라면, 이를 '기사 형태'로 다듬어 매체에 기고해보는 것도 좋은 방법입니다.

하지만 현실적으로 일반인이 자유롭게 글을 쓰고 별도의 승인 없이 곧바로 게시할 수 있는 '오픈형 뉴스 기고 플랫폼'은 국내에 거의 없습니다. 그런 점에서 〈오마이뉴스〉는 지금도 매우 특별한 공간입니다. 〈오마이뉴스〉는 '모든 시민은 기자다'라는 슬로건으로 운영되는 대표적인 시민 참여형 뉴스 플랫폼입니다.

기자 등록만 하면 누구나 기사를 쓸 수 있고, 작성한 글은 편집부의 간단한 채택 과정을 거쳐 게시됩니다. 채택된 글은 메인 화면에 노출되기도 하고 소정의 원고료도 받습니다.

주제는 생각보다 매우 다양합니다. 시사적인 평론, 사회적 경험담, 여행기, 문화 이야기, 책 리뷰, 일상 속 에피소드까지 모두 기고할 수 있습니다. 형식은 블로그보다는 조금 더 '기사체'에 가깝지만, 글의 분위기는 훨씬 더 자유롭고 유연합니다.

무엇보다 중요한 점은 〈오마이뉴스〉는 초보자에게도 열려 있다는 것입니다. 특별한 이력이나 승인 없이 누구나 글을 써볼 수 있기 때문에 '처음 내 글을 매체에 올려본다'는 경험을 해보기에 가장 적합한 공간입니다.

공모전

요즘은 뉴스레터나 기고를 통해 글을 나누는 것뿐만 아니라, 공모전에 응모하는 방식으로 글쓰기를 이어가는 사람도 많습니다. 공모전은 단지 '상을 받기 위한 글쓰기'보다는, 하나의 마감과 목적을 정해 글을 써야 좋은 훈련이 됩니다. 평소에는 막연하게만 쓰던 글도 특정한 주제나 분량, 일정이 주어지면 훨씬 더 집중해서 쓰게 되고 완성도 있게 다듬는 계기가 됩니다.

흔히 '수필'로 분류되는 에세이 부문 공모전도 많습니다. 시, 단편소설, 수필, 칼럼 등 장르를 가리지 않고 다양한 문학공모전이 열리며, 개인이 직접 응모할 수 있습니다. 대다수의 공모전이 이메일 접수나 웹사이트 업로드 방식으로 진행되기 때문에 방법도 어렵지 않습니다. 응모를 준비하면서 자연스럽게 '한 편의 글을 끝까지 써보는 경험'을 하게 되고, 결과를 떠나 그 경험 자체가 이후의 글쓰기에 든든한 자양분이 됩니다.

공모전은 관련 정보를 모아둔 포털 사이트를 참고하면 됩니다. 대표적으로 '엽서시문학공모전'*이라는 사이트가 있습니다. 여러 공모전 일정을 확인하고, 분야별로 검색하거나 마감일 순으로도 볼 수 있어 편리합니다. 특히, 수필 분야는 문예공모전뿐만 아니라 기관, 기업, 도서관 등에서 자주 열려 생각보다 도전할 기회가 많습니다.

공모전은 꼭 유명한 상이나 등단을 위한 것이 아니더라도, 나의 글을 외부 세계에 꺼내보는 한 가지 방식이라는 점에서 충분히 의미 있는 시도입니다. 누군가에게 읽히기 위한 글쓰기, 그리고 그에 맞춰 글을 고치고 다듬는 과정은 글의 완성도를 한층 끌어올려줍니다. 때로는 그런 작은 도전들이 글쓰기를 계속하게 하는 원동력이 되기도 합니다.

---

* ilovecontest.com/munhak

글쓰기 모임은 꾸준함을 위한
큰 힘이 된다

혼자서 글을 오래 쓰다 보면 내 글이 정말 괜찮은 건지, 아니면 혼자만 만족하고 있는 건지 잘 모르는 순간이 옵니다. 이럴 때 글쓰기 모임은 큰 도움이 됩니다. 누군가에게 내 글을 보여주고, 함께 읽고, 서로의 감상을 나누면 글쓰기는 훨씬 더 살아 있는 일이 되곤 합니다.

요즘에는 각종 기관, 동네 서점, 작가 SNS 계정 등에서 글쓰기 모임이 많이 열리기 때문에 조금만 검색해보면 쉽게 찾을 수 있습니다. 마음에 드는 모임을 찾기 어렵다면 직접 만들어도 좋습니다. 거창하게 생각하지 않아도 됩니다. 예를 들어, 회사 동료 한두 명과 점심시간마다 짧게 글을 써보거나, 동네 친구들과 주말에 한 편씩 글을 읽고 나누거나, SNS에 '글쓰기 같이 하실 분?' 하고 조심스레 올려보는 것만으로도 충분합니다.

요즘은 온라인으로도 글쓰기 모임을 열 수 있습니다. 줌Zoom이나 구글 미트Google Meet를 활용하면 굳이 한 공간에 모이지 않아도 함께 글을 쓰거나 읽을 수 있습니다. 꼭 모여서 동시에 글을 쓸 필요도 없습니다. 미리 글을 써서 단체 카톡방이나 구글 드라이브 폴더에 제출하고, 약속한 시간에 모여 서로의 글을 읽고 이야기를 나누는 방식도 가능합니다. 이렇게 운영하면 시간과 장소의 제약 없이 유연하게 모임을 이어갈 수 있습니다.

글쓰기 모임에서 중요한 건 '합평', 즉 서로의 글을 읽고 피드백을 나누는 과정입니다. 이때 '응원'과 '칭찬'만으로는 부족합니다. 물론, 처음 만난 사람들과는 서로 조심스러울 수밖에 없고 다정한 말부터 건네는 것이 필요하지만, 진짜 도움이 되는 건 솔직한 피드백입니다. "좋았어요" 같은 말보다는 구체적으로 어떤 문장이 인상 깊었고 어떤 문단에서 감정이 와닿았는지를 말해줘야 훨씬 더 좋은 피드백이 됩니다. 반대로 아쉬웠던 부분이 있다면 그 이유를 함께 이야기해야 합니다. 단점을 지적할 때는 왜 그렇게 느꼈는지 자신의 경험이나 독자로서의 감정에 기대어 말해주면 더 자연스럽고 덜 공격적으로 다가가기 때문입니다.

합평은 '이 글을 진지하게 읽었다'는 표시이기도 합니다. 단점을 말해주는 것도 결국은 글을 더 잘 쓰기를 바라는 마음에서 나옵니다. 글쓰기 모임에서는 그런 마음이 전해지는 방식으로 말을 건네는 것이 중요합니다. 다정하면서도 내용은 진지하고 정확한 피드백이 오갈 수 있는 모임이라면, 그곳은 이미 서로를 진심으로 응원하고 있는 글쓰기 공동체입니다.

처음에는 모임이 느슨하게 시작되더라도, 몇 번의 합평을 지나면 자연스럽게 서로가 서로의 글을 기다리게 됩니다. 글쓰기 모임이 단지 글을 공유하는 자리를 넘어 서로의 삶과 생각을 나누는 중요한 시간으로 느껴지기 시작하면, 그 모임은 더욱 단단해집니다. 그리고 그런 관계야말로 오랫동안 글을 써나가는 데 있어 가장 든든한 뿌리가 되어줍니다(글쓰기 모임의 구체적인 방법론 등이 궁금한 분들은 제가 쓴 《나는 글쓰기 모임에서 만난 모든 글을 기억한다》를 참고하셔도 됩니다).

하나의 칼럼, 한 권의 책으로
세상과 연결되기

언론사 투고

글을 공개 플랫폼에 올리는 것만으로도 충분할 수 있지만, 어느 순간 '내 글이 매체에 실렸으면' 혹은 '책이 되었으면' 하고 생각하는 때가 찾아옵니다. 처음부터 대단한 기획을 세워야 한다고 하면 막막하겠지만, 차근차근 접근하면 누구나 시도해볼 수 있습니다.

웹진이나 언론사에는 외부 필자의 글을 받아주는 투고 메일이나 기고란이 따로 있는 경우가 많습니다. 각 언론사 사이트에 들어가보면 '투고란', '투고 메일', '투고 게시판' 형태로 마련되어 있죠. 이를 통해 언론사들은 정기적으로 다양한 주제의 외부 글을 받거나 상시 투고를 열어두고 있습니다.

이런 곳에 글을 보낼 때는 해당 매체의 스타일과 톤을 파악하기 위해 이미 실린 글을 충분히 읽어보는 것이 좋습니다. 가볍고 일상적인 에세이를 선호하는지, 사회적 메시지가 담긴 글을 원하는지, 특정 분야의 전문성을 기대하는지 매체마다 결이 다르기 때문입니다.

글을 보낼 때는 본문을 그대로 복사해 붙이기보다는 워드 파일이나 PDF 파일로 깔끔하게 정리해 첨부하고, 메일 본문에는 간단한 자기소개와 글을 쓰게 된 계기, 어떤 코너에 적합하다고 생각하는지를 적으면 충분합니다. 너무 격식 차린 자기소개보다도 이 글을 왜 이 매체에 보내고 싶은지를 담담하게 적는 것이 훨씬 더 좋습니다.

출판사 투고

출판사에 글을 투고하는 일은 더 큰 용기가 필요하지만, 예전에 비해 최근에는 훨씬 문턱이 낮아졌습니다. 생각보다 많은 출판사가 홈페이지나 SNS를 통해 투고 안내를 올리고, 편집자들도 늘 새롭고 좋은 원고를 찾고 있기 때문입니다. 무엇보다 1인 출판사가 늘어나면서 좋은 원고를 찾는 출판사도 많아졌습니다. 출판사에 투고하기 전에는 일단 '기획안'을 만들어보는 것이 좋습니다.

어렵게 생각할 필요는 없습니다. 보통 책 제목, 기획 의도, 예상 독자층, 차별점, 목차와 각 장 요약, 작가 소개 정도로 구성하면 됩니다. 완벽하게 다 쓰지 않아도 괜찮지만, 적어도 편집자가 이 책이 어떤 방향을 가지고 있는지 파악할 수 있게끔 간결하고 진정성 있게 써야 합니다. 가능하다면 일부 원고를 작성한 상태에서 '샘플 원고'도 함께 첨부하면 훨씬 신뢰를 얻을 수 있습니다.

메일을 보낼 때는 '출간 제안' 또는 '원고 투고'라는 제목을 붙이고, 본문에는 짧은 인사와 함께 기획안과 샘플 원고를 첨부했음을 밝히면 됩니다. 만약 유독 강조하고 싶은 경력 등이 있다면 메일 본문에 써도 좋습니다. 단, 편집자에게 지나치게 간청하기보다는 담백하고 또렷하게 의도를 설명하는 것이 좋습니다. 적지 않은 편집자가 매일 수십 통의 메일을 받기 때문에, 핵심과 독창성을 빠르게 파악할 수 있는 기획(일명 '뾰족한 기획')이 더 환영받습니다.

꼭 정식 출판이 아니더라도 샘플 원고만으로 '전자책'을 만드는 경우도 많습니다. PDF 형식으로 깔끔하게 디자인해 나만의 콘텐츠를 만들어 크몽 등 전자책 플랫폼에 업로드해보는 것도 방법입니다. 어떤 방식이든 '내 글이 한 권의 책이 된다'는 경험은 결과물을 떠나서 글쓰기에 대한 태도를 깊고 성실하게 만들어주는 계기가 됩니다.

글을 투고하고 출간을 제안하는 일은 늘 떨리지만, 그만큼 글쓰기에 한층 더 진지해질 수 있는 좋은 도전입니다. 완성도 걱정보다는 지금 이 시점에서 내 이야기를 누군가에게 건네고 싶은 마음을 담아 시작해본다는 점이 중요합니다. 편집자들은 그런 마음이 담긴 글을 알아보는 사람들입니다.

'나'라는 글로 만드는
선순환

여기까지 이 책에 글을 써서 가득 채운 분들이 얼마나 있을까요? 정말 이 한 권의 책을 내 손에 쥔 펜으로 가득 채워냈다면, 진심으로 축하드립니다. 그런 분이 있다면 언제라도 저에게 이메일이나 SNS로 알려주세요. 진심으로 축하하고 또 함께 뿌듯함을 느낄 준비가 되어 있습니다. 요즘처럼 다들 스마트폰을 손에서 놓지 못하는 시대, 하루 종일 짧은 영상에 홀려 있는 시대에서 그 모든 걸 이겨내고 책 한 권 분량의 글을 적어냈다면, 특별하고 고유한 시간을 만들어낸 것입니다.

스무 살이 되어 처음 샀던 노트가 생각납니다. 작가가 되겠다며 어느 서점에서 산 분홍색 노트였는데, 무얼 써야 할지 막막했습니다. 그래서 되는 대로 적어봤는데, 생각이 잘 정리되지도 않았고 한 단락을 써내는 것도 어려웠습니다. 한 문장을 쓰고 나면 생각이 끊겨서 다음 문장에 엉뚱한 내용을 쓰는 식이었죠. 그렇게 시작해 어느덧 매일 글을 쓴 지 20년이 넘었고, 이제는 제 삶에서 가장 익숙한 일이 되었습니다.

하나 확신하는 것은 이 삶에서의 글쓰기만큼은 결코 후회하지 않는다는 점입니다. 인생은 여러 실패와 실수, 후회로 얼룩져 있기 마련입니다. 그러나 글을 쓴 일만큼은 후회하지 않습니다. 왜냐하면 내가 적어낸 그 모든 것이 나의 진실이었고 간직하고 싶은 기억이었으며 나 자신이자 내 삶 그 자체였기 때문이죠. 연인과 사랑하며 적었던 글들, 이별이나 상처 이후에 토해냈던 글들, 결혼 전야나 아이가 태어나던 날의 마음을 남겼던 글들이 제 안에 꺼지지 않는 별처럼 남아 있습니다. 어쩌면 잊었을지도 모를 마음들이 그렇게 모두 간직되어 있습니다.

나의 내면을 마주하고 검은 잉크로 자아내기까지 걸렸을 시간과 마음은 모두 용기의 증명입니다. 많은 사람이 자신의 진실을 마주할 용기가 없어 채 한 자의 글도 적지 못합니다. 적더라도 남들 앞에서 위세를 부리기 위한 거짓, 허영, 위선으로 가득한 글을 쓰기 마련이죠. 그러나 저는 적어도 이 책에 쓰인 글들이 글쓴이의 진실을 담아냈을 거라 믿어 의심치 않습니다. 그런 글들이 쓰이길 바라며 책을 만들었으니 말이죠.

이렇게 한 권을 채운 그 마음의 힘으로 한 걸음 더 나아가면 좋겠습니다. 바로 내 글을 나의 진실로만 두지 않고 타인들에게 전하는 이야기로 나아가는 걸음입니다. 나에게만 의미 있을 것만 같은 나의 진실이 다른 사람들에게 닿아 감명을 주고, 고맙다는 인사를 받고, 다시 나에게 위로로 다가오는 그 아름다운 선순환을 경험해보길 바랍니다. 써낸 글들을 조금씩 옮겨 적고, 온라인 어딘가에 올리고, 투고하고, 가까운 누군가에게 전했으면 합니다. 그러다 보면 언젠가 글을 쓰길 참 잘했다고, 한 치의 의심 없이 스스로에게 말할 날이 오게 될 것입니다. 다시 태어나더라도 나는 꼭 글을 쓰겠다고 말이죠.

오늘의 나를 쓰는 시간

첫판 1쇄 펴낸날 2026년 3월 17일

지은이 정지우
발행인 조한나
책임편집 문해림
편집기획 김교석 김유진 김하영 박혜인 함초원
디자인 한승연 성윤정 김혜은
마케팅 문창운 백윤진 김민영
회계 양여진 김주연

펴낸곳 (주)도서출판 푸른숲
출판등록 2003년 12월 17일 제2003-000032호
주소 서울특별시 마포구 토정로 35-1 2층, 우편번호 04083
전화 02)6392-7871, 2(마케팅부), 02)6392-7873(편집부)
팩스 02)6392-7875
홈페이지 www.prunsoop.co.kr
페이스북 www.facebook.com/prunsoop   인스타그램 @prunsoop

ⓒ정지우, 2026
ISBN 979-11-7254-109-5 (03800)